力

姜尚中
Kang Sang-jung

a pilot of wisdom

目次

はじめに　7

序章　「心の力」をつけるとは　11

不安に怯えるつかの間の幸福感　12
ハンス・カストルプと「河出育郎」　19
物語人生論　16
二つのダヴォス　21

『続・こゝろ』①　進駐軍　25

第一章　現代という武器なき戦場　37
なぜ『こころ』なのか　38
マンが描いた二十世紀のヨーロッパ　41
「魔の山」の住人たち　44
第三の「戦後派《アプレゲール》」　47

『続・こゝろ』②　頽傷の男　52

第二章　なぜ生きづらいのか　67
代替案《オルタナティヴ》がない　68
〝隣人〟がいない　72
やるべきことがわからない　75
時代と心　79

『続・こゝろ』③　秘密箱　84

第三章　「魔の山（イニシエーション）」の力　105
モラトリアムのすすめ　106
卒業証書をもらっても　111
「先生」探し　115
「秘義伝授《イニシエーション》」というもの　119

脱グローバリズム　126

『続・こゝろ』④　洗礼盤　131

第四章　真ん中でいこう　141

偉大なる平凡　142

染まらないということ　146

人生の厄介息子　151

『続・こゝろ』⑤　山の上のホテル　155

第五章　「語り継ぐ」ということ　165

デス・ノベル　166

死によって生が輝く　168

投げ出す力、受け取る力　172

消えない命のともしび　174

『続・こゝろ』⑥　万年筆　181

終章　いまこそ「心の力」　193
『こころ』あらすじ　199
『魔の山』あらすじ　200
『魔の山』登場人物紹介　201
引用・主要参考文献　203
おわりに　204

はじめに

私は、東日本大震災の前、愛する息子を亡くし、悲しみというよりは、自分の心がからっぽになる、心の無重力状態に陥りました。

肉体は確かにあるのです。痛いとか、心地よいとか、身体的な感覚はハッキリしているのです。でも、まるで魂が遊離し、心が頭の上から自分の身体を見つめているような、そんな心身の乖離《かいり》がずっと続きました。

やがて、少しずつ息子の不在という現実を受け入れていく中で、激しい悲しみに襲われ、涙が止めどもなく溢《あふ》れ出し、嗚咽《おえつ》することがありました。

心に重力が戻ってきたのです。

でも、その代償なのでしょうか、深い悲しみと苦しみが心を苛《さいな》むようになったのです。

その後は、我をふり返る日々が続き、心は萎《しぼ》んでいくばかりでした。

しかし、私は気づいたのです。息子とのかけがえのない日々は、決して失われることなく、私の過去の中にしっかりとしまわれていると。この世に生きる者はみな、誰かに先立たれた存在であるはずです。そして先に逝《い》ったかけがえない人びとの記憶が、人生に意味を与える物語の支えになっていることに気づいたのです。

父や母、恩師や親友、そして息子……。彼らは、過去になってしまいました。しかし、彼らは、ただ消滅したのではありません、生きている、過去として生きている、そして過去だけが確かに「存在」していると言えるのです。

こう思いながら、脳裏に浮かんだのは、夏目漱石《そうせき》の『こころ』でした。

初めて読んだのは、十七歳のころ。

人生が美しいなんて、決して言わせないぞ、若者が希望に溢れているなんて、嘘《うそ》っぱちじゃないか――。

捻《ひね》くれて、斜《はす》に構えながらも、自尊心だけは人一倍大きい未熟な若者、それが私でした。でも挫折《ざせつ》の中で身を持て余しながらも、何かにすがりたい思いで一杯だったのです。

まだ高校生だった自分が、どこまでこの作品の深みを理解していたかは、定かではありませんが、わからないなりに、何か強い印象を受けました。

すべてを投げ打って自らを告白する先生と、その告白を受け取る「私」。その「私」が過去をふり返りながら、亡き先生の秘密を語る『こころ』は、先生から「私」への、死者から生者への、心の相続でもあります。いまを生きる「私」は、いわば、人生の謎《なぞ》に迫る「秘義」を先生から授かり、それをしっかりと受け継いで、次に語り継ぐため、先生について語り始めるのです。

この意味で死んでいった人びとは、みんな先生と言えるかもしれません。私たちは、こうした「秘義伝授《イニシエーション》」を通じて心の実質を太くし、「心の力」を自覚できるのかもしれません。

ところが、これとは反対に、過去を見失い、「出会った人びと」を見失い、ただひたすら未来を思い煩いながら現在という一瞬一瞬を生きている限り、心の力は見失われ、心は虚ろになっていくばかりではないでしょうか。

なるほど、過去をふり返らず、未来に向けて前向きに生きろ、そうした励ましの言葉は、耳に心地よく、肯定的なイメージを与えてくれるかもしれません。しかし、その肝心の未来そのものが、どうなるのか、皆目見当もつかないのですから、不安にならないのが、不思議なくらいです。まだ「ある」とも言えない未来をあれこれと予測し、株価の乱高下のようなものに自らを託すとなれば、片時も落ち着いてはいられないはずです。

過去は意味がない、未来がすべてだ。

こうした時間にまつわる現代的な意識を逆転させて、むしろ確実に「ある」過去に目を向けさせ、そこから心の力の源へと遡《さかのぼ》る物語が、これから取り上げる夏目漱石の『こころ』であり、ドイツの作家、トーマス・マンの『魔の山』です。

心というものは、自分が何者であり、これまでどんな人生を歩んできたのか、「そして、それから」どう生きようとするのかという、自分なりの自己理解と密接に結びついています。この意味で、心の力は、人生に意味を与える物語においてのみ、よりよく理解できると思うのです。

それでは、心の力をつけるとはどんなことなのか、考えてみましょう。

序章　「心の力」をつけるとは

不安に怯えるつかの間の幸福感

心の実質を太くしたい。

度胸がついて、弱気や不安を一掃し、明るく、前向きで、健やかで、美しく、そして幸せになりたい。これらはみんなの願いに違いありません。でも、実際はどうでしょうか。そのようなささやかな望みすらも、なかなか手に入れられない現実があるのではないでしょうか。

それでも、巷《ちまた》には、溌剌《はつらつ》とした人生や長生きの秘訣《ひけつ》、美しい容姿やボディのケア、アンチ・エージングや心の養生法、果ては英才教育のための塾選びや賢いマネーの運用、損をしない相続やお墓の選び方まで、実にたくさんの数の情報や知識が氾濫《はんらん》しています。にもかかわらず、それらがどれだけ心の実質を太くしたいという願いを叶《かな》えてくれているのか、心もとない限りです。

もっとも、他人の運命と較《くら》べて、自分はそんなに不幸でもないし、家族にも、友人にも、職場にもまあ恵まれているほうだし、とりたてて落ち込むほどのことはないと思っている人も多いかもしれません。また自分たちの不遇を嘆く大人たちがいるけど、でも結構、生活をエンジョイしているし、あまり不遇な環境に置かれているという気はしないと答える若者もいるでしょう。しかし、そうした「まあまあの幸福感」も、偶然の幸運であって、不遇を強いられている他人との間に本質的な違いがあるわけではないと気づけば、そこそこの安心感など、実にうつろなものだと思うのではないでしょうか。

私がそうした思いを強くするのは、あの大震災と津波のあと、忘れられない光景を目にしたからです。

被災地の相馬市街を訪ねたとき、私はあっと息を呑《の》むような光景に出くわしました。ある家は全壊、家族は全員死亡か行方不明、しかしわずか一メートルも隔たっていない隣家は全員難を逃れ、家屋はやや傾《かし》ぐほどの被害しか受けていませんでした。こうした生と死、幸運と不運がハッキリと際立つ光景を目にすることになったのです。

でも、こうした偶然の幸運と不運は、旧《ふる》くから知られていることだし、何も取り立てて新しく論じるほどのことでもない。そんな「不幸がる癖」など何の役にも立たないし、もっと前向きに偶然の幸運を自分の手でしっかりと摑《つか》むよう邁進《まいしん》しろと説く人もいるに違いありません。こうした人たちにとって、悲観論は虚弱に通じ、楽観論は力に通じているのです。

ですが、こうした「くよくよ無用論」を説く人たちも、この二十年に起きた世界の出来事や歴史、そしてその延長上に予想される時代のことを考えると、そんなに安心していられないはずです。

この二十年間、世界を席巻したのは、「もっと自由を、もっと市場を！」の合い言葉でした。そしてソ連などの旧社会主義諸国も、アジア、アフリカ、ラテン・アメリカの国々もこぞってそれに靡《なび》き、いまやグローバル資本主義が地球を覆うことになりました。

たしかにIT技術の普及やデジタル情報システム、コミュニケーション・ネットワークを通じて、それまで光の当たらなかった地域や人びとに新しいチャンスが訪れ、貧しさや無知から脱却し、自己実現の機会を活《い》かせる時代が到来したと言えるかもしれません。

しかし、そうした明の部分にも増して、その暗の部分がより深まり、広がろうとしています。地域や階層の間にある格差や貧困の拡大、金融優先の経済システムの脆弱《ぜいじゃく》さやモラル・ハザード、激化する優勝劣敗や雇用不安、ヘイト・スピーチや隣人への無関心など、先進国、途上国を問わず、多くの不幸や悲惨、憎悪がばらまかれ、他方ではそうした問題に取り組んでゆく仕組みや制度が廃れ、安定した秩序はもはや望むべくもなく、一年先、二年先のことすら誰も予測できなくなりつつあります。

とりわけ、この間の金融危機や債務危機の連鎖の中で、国家破綻《はたん》の危機すら、先進諸国ヨーロッパを襲うようになり、また基軸通貨国のアメリカまでも債務不履行の瀬戸際に追いつめられ、日本もまた物価と金利の上昇、国債暴落というリスクを抱えたアベノミクスに望みをつなごうとしているのです。

自由な資本主義、規制のない市場経済は、安定するどころか、マネーの流れに左右される不安定な経済になってしまいました。その結果、私たちはジェットコースターのように急激に上昇し、そして降下する世界の中で泡沫《ほうまつ》のような希望と尽きない不安を抱えながら、自己防衛に走らざるをえなくなっているのです。

昨日まで安定した職場にいたのに、今日は路頭に迷うことも稀《まれ》ではなくなりました。またせっかく苦労して大学を出たのに、正規の職にありつけず、中高年になるまで非正規雇用という立場を強いられ、老後の生活はおろか、その日の糧を得るのに精一杯の人びとも増えました。まるでオセロ・ゲームのように白い駒が一瞬で黒に変わるような不安定な人生が当たり前になりつつあるのです。

そんな不確実に満ちた世界の中でも、かつてであれば、宗教や伝統、慣習や規範が生き生きと人びとの心を捉《とら》え、不安や無常観を癒《いや》すことができたかもしれません。それらを信じ、従うことで、不運や厄災を受け入れ、不幸にもある程度の意味を見出すことができたのです。でも、人びとがバラバラになり、何を信じ、何に自分の人生を託すのか、自分で決めなければならない私たちは、いわば不安の塊のようなものです。

物語人生論

そんな不安を抱え、少しでも心の力をつけたいと願い、「門」をくぐり、禅の修行に励もうとした、漱石の名作『門』の主人公・野中宗助は、ある意味でグローバリゼーションの時代を生きる私たちの先駆者でもあります。弱く落ち着かない心を少しでも強くしたい、心の実質を太くしたいと願い、はじめ、宗助は信仰を持とうとするのですが、宗教は彼にとってうつろでした。そのことを漱石は次のように描いています。

彼は行く行く口の中で何遍も宗教の二字を繰り返した。けれども其響《そのひびき》は繰り返す後《あと》からすぐ消えて行った。攫《つか》んだと思う烟《けむり》が、手を開《あ》けると何時《いつ》の間にか無くなっている様に宗教とは果敢《はか》ない文字であった。

（『漱石全集　第六巻』）

宗教の代わりに宗助が選んだのは、参禅でした。しかし、その苦行も甲斐《かい》なく、主人公はもとの生活に戻っていきます。要するに、苦行を重ねて悟を開き、心の力をつけようと努力しても、もとの木阿弥《もくあみ》に終わってしまわざるをえなかったのです。

結局、宗助は、「門を通る人ではなかった」のです。かといって「又門を通らないで済む人」でもありませんでした。「彼は門の下に立ち竦《すく》んで、日の暮れるのを待つべき不幸な人」だったのです。

この『門』の主人公の心のゆらぎは、多分に漱石その人を映し出していると言えるかもしれません。『門』が、また漱石の心境が教えてくれるのは、心の力をつける手っ取り早いサプリメントなり、お手軽なエクササイズなど、この世の中にはないということです。

本書は、これを読めば心の実質を太くできるノウハウを説こうとするものではありません。むしろ、不確実きわまりない時代の中で、心の力とは何なのか、それは何を意味するのかを、物語の力を通じて語ってみようとする、いわば「物語人生論」なのです。

心をどう捉えるかについてはさまざまな考えがあるでしょうが、心は、自分が何者であり、自分がこれまでどんな人生を歩んできたのか、「そして、それから」どう生きようとするのかという、自分なりの自己理解と密接に結びついています。その意味で、心は、人生に意味を与える「物語」においてのみ、理解可能なのです。

「物語人生論」とは、そうした「物語」という形式によって理解が可能になる典型的な他者の心を読み解き、そこからいまを生きる私たちの心の力を会得する試みを指しています。

ハンス・カストルプと「河出育郎」

本書では二人の典型的な若者の心の成長の記録をたどりながら、そこから心の力のヒントを引き出してみたいのです。その若者とは、ハンス・カストルプと「河出育郎《かわでいくろう》」です。カストルプは、ドイツの文豪トーマス・マンの名作『魔の山』の主人公で、マンの文学に親しんでいる読者であれば、ご存じのはずです。

そしてもう一人の河出育郎という青年は、まったくの無名で、これまで誰にも知られていなかったはずです。それもそのはずです、私があえてある若者を河出育郎と名づけることにしたのですから。河出育郎、それは夏目漱石の『こころ』の中に登場する「私」という青年を指しているのです。

漱石の『こころ』は不思議な小説で、主人公の先生の奥さんの名前を除くと、主要な登場人物はみな具体的な名前で登場するわけではありません。先生がそうですし、先生に近づくもう一人の主人公で、物語の語り手である青年も「私」ということになっています。

またみずから命を絶つことになる先生の親友も、「K」というイニシャルで呼ばれていま す。そこで私は、「私」という青年に河出育郎という名前を与え、カストルプ青年と並ぶ、「物語人生論」の主人公にしようと思うのです。

ハンス・カストルプと河出育郎……二人は実に平凡な若者です。

この二人は、ほぼ百年前に若者だった人物ですが、タイムマシンに乗って現代に現れたとしても、決して不思議とは思わないほどありふれた若者なのです。

マンの『魔の山』と漱石の『こころ』は、これら二人の若者を主人公にしていますが、二つの作品とも、「それから」二人がどのように齢《よわい》を重ね、時代とともに彼らの心がどのように変わっていったのか、それに触れないまま物語は終わっています。

『魔の山』は、カストルプ青年が砲弾飛び交う戦場の中にいるシーンで終わっていますし、また『こころ』は、「私」こと河出育郎が東京へ向かう汽車の中で読みふける先生の遺書の文章で終わっています。彼らは「それから」、どう生き延びたのか、それとも戦死したり、また震災（関東大震災）などで亡くなったりしたのか、まったくわかりません。

もちろん、小説は書かれていることだけがすべてですが、それでも、彼らの「それから」がどうしても気になります。その理由は、二人の若者が、ある時代の中で自分のありようをどう受け止め、そして自分がこれからそうありたいと願うものに向けてどのように生きたのか、「そして、それから」を知りたいからです。

といっても、この願いをマンや漱石にぶつけてみても、叶えられるわけではありません。そこで、本書ではカストルプと河出青年が「そして、それから」どうなったのかを想像し、書かれなかった物語を創作して心の力の源に迫ってみたいのです。タイトルも『続・こゝろ』としました。

二十世紀を代表する、東西の大文豪の記念碑的な作品の後日譚《ごじつたん》を書いてみようというのですから、大胆というか、身の程知らずの無謀な冒険ですが、心の力のエッセンスを知るためには意味のある試みに違いありません。

二つのダヴォス

それにしても、どうして心の力のヒントを得る上で『魔の山』と『こころ』なのでしょうか。

実は、二つの作品とも、期せずしてほぼ同じころに構想され、書き綴《つづ》られた傑作であり、これらの作品は、私の言葉で言えば、心の力を平凡な、しかし愛すべき青年の姿を通じて語っていると思うからです。

マンの小説は一九二四年に出版されますが、物語は第一次世界大戦の戦闘の場面で終わっています。そして漱石の『こころ』の刊行の年はいまから百年前、第一次世界大戦勃発の年にあたります。二つの小説は、期せずして現代史のはじまりとされる第一次世界大戦と浅からぬ因縁があるのです。

ところで、『魔の山』は、スイス・アルプスの山間《やまあい》にあるダヴォス（現在のグラウビュンデン州ダヴォス）の結核サナトリウムが舞台になっていますが、いま、ダヴォスは、毎年、国際競争力国別比較の報告を出している世界経済フォーラムが催す年次総会、ダヴォス会議が開催される場所として世界的に名を馳《は》せています。

ダヴォスは、『魔の山』の住人たちが半ば憧《あこが》れ、半ば軽蔑《けいべつ》していた「下界」の世界の出来事、つまりグローバリゼーションのリーダーたちが集う、世界資本主義の台風の目になっているのです。

『魔の山』のダヴォスと世界経済フォーラムのダヴォスは、明らかに断絶しています。しかし、ある意味でつながっていると言えなくもありません。なぜなら、カストルプ青年が巻き込まれることになる「邪悪な舞踏」（戦争）は、現代のダヴォスを中心とするグローバルな、武器なき熾烈《しれつ》な経済戦争という形で、「現代のカストルプ」を巻き込みながら「罪深い踊りを踊り続け」ているからです。

『魔の山』のダヴォスは、「下界」から切り離された死の影に覆われた「魔界」ですが、同時にマンが講演で語った言葉を借りれば、「生命の秘密」を伝える「秘義伝授の寺院の一つの変形」でもあるのです。それは、明らかに「下界」の「武器による戦争」や「武器なき戦争」とは正反対の世界を象徴しています。マンのダヴォスは、「病気と死についての最も深い知識を通り抜けた向う側にある未来の人間性」を探究する場所になっているのです。

ある意味で、漱石の『こころ』の先生と「私」（＝河出育郎）との交流も、スケールは小さいのですが、先生から「私」への、死についての深い探究を通じた、「秘義伝授」の物語と読むことができます。先生と河出育郎との間には、目に見えないダヴォスが存在していたのです。

『こころ』が世に出てから、そして『魔の山』の最後に刻印された第一次世界大戦から百年。いま地球を嘗め尽《な》くすグローバルな経済戦争は、まるで「悪魔のひき臼」（カール・ポランニー）のように地球上の自然を、共同体を粉々に嚙《か》み砕き、そして人びとの心を不安の坩堝《るつぼ》へと変えようとしているように思えてなりません。

もちろん、単純に反・グローバリゼーションを掲げればよいというものではありません。グローバリゼーションに対して賛成か反対か、二者択一を迫る前に、その中にいやおうなしに投げ込まれた私たちが、どのようにして「心の力」を取り戻すことができるのか、マンと漱石が描いた「ダヴォス的」なるものをキーワードに考えてみたいのです。

『続・こゝろ』① 進駐軍

こんな夢を見た。

夜汽車の中で長い長い手紙を読んで、しらじらあけのころ品川駅についたら、一面の瓦《が》礫《れき》の山だった。途方に暮れてあたりを見まわすと、恐ろしいほどのっぺりと広がった大地の向こうにポッカリと青い富士山があって、それを見たら、そうか、そうだ、今日は八月十五日なのだ、戦争は終わったのだ、何もなくなったのだ、しかし富士山がある、いや富士山は天然自然この国に昔からあったのであり、われわれが拵《こしら》えたんじゃないのだから仕方がないという気持ちになった。

だしぬけに先生に「静《しず》と二人で留守番していてくれ」と頼まれていたのを思い出し、粘《ねば》るような足で瓦礫の間を駈《か》けていくと、壊れた家々の中で先生の家だけが残っていて、玄関を見ると「忌中」の黒枠の貼《は》り紙がある。ああしまった、間にあわなかった、と息の止まる思いで引き戸を繰ると、真っ青な顔をした奥さんが立っていて、「遅かったわ、あなた、あの人はKさんと同じことになりました」と泣き崩れた。

それを奇妙に冷静な心で眺めたのち、深ぶかと頭を下げて辞すと、急に、いや違う、いまは大正十二年なのだ、これは戦争じゃない、震災（関東大震災）なのだと気がついた。そう思ってふり返ったら先生の家はすでになく、こんもりと盛りあがった土饅頭《どまんじゆう》のようなものだけがそこにあって、黒い土くれの中から白い腕が伸びて万年筆を握っている。もつれる足で引き返し、冷たく固まった指を一本ずつ開いてそれを受け取り、じっと見つめていると、「気をつけろ！　水を飲むな！　井戸に毒が投げ込まれた！」と駈けてきた一団に思いきり蹴散《けち》らされ、あっと思ったら、クネクネうねった山中の一本道の真ん中に倒れていた。

茫然《ぼうぜん》と立ちあがった背後に、けたたましい車のクラクションが鳴った。

ブ、ブー、ブ、ブー！

＊

夢から覚めると、そこは天井の高いホテルの朝だった。すでにカーテンはあいていて、きちんとタッセルで巻かれ、真っ白な漆喰《しっくい》の室内に初秋の陽射《ひざ》しがさしこんでいる。窓の右脇《みぎわき》の壁に、暗紅色のモクレンの大きな額がかかっている。さらに目をおろしてわが身をかえりみると、昨晩寝づらいと思いながらむりやり両脚を突っこんだ駱駝《らくだ》の毛布の端が、乱れたシーツとともに四角いマットレスの下に敷きこまれ、あいかわらず頑固な形を保っていた。

——これでは足ももつれるわけだ。

窓の外でふたたびブ、ブー、ブ、ブーと車のクラクションが鳴り、ノーとかファニーとかいう英語と子供たちのけたたましい笑い声がした。ああ、進駐軍だ、進駐軍のジープに疎開の子供たちが群がって遊んでいるのだと河出育郎はぼんやり思った。カン高い声の合間にいきなり大音量のジャズが混じり、ひときわ大きな歓声が起こった。

　時計を見ると、もう九時に近い。頭を反対側に返すと、枕元に読みかけの分厚いドイツ語の原書があって、三分の一ほどの厚みのところに万年筆が挟まっている。先生の形見の万年筆――先生が愛用したオノト（ONOTO）の万年筆だ。育郎はその青い軸を抜き取り、宙の光にかざし、「先生、また出てきたのですね」とつぶやいた。

　ようやく起き直り、奇妙に弾むマットの端でのつそつしながら、ベッドというのはなぜこうもぐあいが悪いのだと愚痴った。そして、腕と頸《くび》を回しながら洗面所に入ると、今度は真っ白なタイルに疲れた目を思うさま射抜かれた。自分とは別に近くの日本旅館のN屋に投宿している妻をうらやましく思った。

　鏡の中にむさくるしいボサボサとした頭の男がいた。よく眠れなかった目は充血して、ごましおの無精ひげが汚くのびていた。まぎれもなく五十七歳の顔だった。

＊

一九四五年九月二十日。箱根、通称宮之下のＦホテル。

外務省からの依頼でドイツ語文書の翻訳の仕事をしていた河出育郎が、ドイツ人外交官とその家族の通訳を頼まれ、彼らの宿舎であるこのホテルにやってきたのは四カ月前の五月のことだった。その多くは空襲の激化や母国の敗戦にともなってここに移ってきた人びとで、みな放心と傷心が入り混じった顔つきをしていたが、その三カ月後に日本もまた敗戦を迎えたのである。

八月の末、マッカーサー元帥を首魁《しゆかい》とするアメリカ進駐軍が厚木にやってきて、それ以来、粛々《しゆくしゆく》と占領計画が策定され、このＦホテルもアメリカ兵たちの宿舎として接収されることになった。その連絡事務のため、数日前から毎日のようにジープが姿を見せている。

Ｆホテルはドイツだけでなくイタリア、タイ、ビルマ、満州国などの外交官や武官が滞在していたが、その全員が進駐軍と入れ替わりにより山頂に近い強羅《ごうら》のホテルへ移されるらしかった。

そんなこともあってやや落ちつかない空気が館全体に流れていたが、それでも一カ月前とはまるで違う安逸《あんいつ》さであった。じっさい、朝寝坊など！　とくに日本人の育郎には八月十五日以前には考えられもしないことだった。そんなものは非国民のやることであり、兵隊でもないのに朝七時には飛び起きてベッドを整え、義務のように食堂に駆けつけていたのだ。それがいまではすっかり間延びして、二度寝が当たり前になって――。

「ずうずうしいものだ」

育郎は思わず苦笑した。

遅い朝の食堂はすでに人影もまばらであったが、それでも見渡せばいくつか見知った顔がある。育郎は左隅の母子のテーブルに向かいかけたが、ふと右奥の明るい窓辺で外国語の雑誌らしいものを読んでいる紳士を見やり、なんとなくそちらに進路変更した。育郎はあまり社交的なたちではないが、この生活もじき終わりかもしれないと思うとどこか名残惜しく、二度と会うこともないであろう人たちと、いまのうちに話しておきたい気分になっていた。

真っ白なリネンをかけたテーブルの間を抜け、朝陽の中に逆光になっているその人に近づくと、ほろ苦く、深く、少しだけ甘い葉巻の香りが鼻をうった。

「グーテン・モルゲン（おはようございます）、ヘル・カストルプ」

雑誌が一瞬揺れ、鼻眼鏡をかけた初老のドイツ紳士の顔が現れた。

「おお、モルゲン、あなたもお寝坊ですか。え……と、ヘル・カワデ」

端正な相貌《そうぼう》が崩れ、にわかに人なつこくなった。ホテルに収容されているたくさんの外国人の中でもカストルプは悠々自適、世捨て人のような趣があって、よく知らぬながら育郎は好もしく思っていた。色白な頰《ほお》の片側に、横一文字に線を引いたような傷跡がある。しかし剣呑《けんのん》な感じではなく、むしろそれによって淡白すぎるたたずまいに歴史の重みのようなものが添えられていた。プラチナ色とでもいうべきみごとな銀髪の持ち主で、暑さのために上着こそ着ていなかったが、糊《のり》のきいた襟高《えりだか》なシャツはいつものとおりで、聞くところによると、彼はドイツ北部の港町ハンブルクの老舗《しにせ》の商社の主《あるじ》でもあるそうだった。

カストルプはおおらかに両手でゼスチャーして、

「どうぞ、ご一緒に。どうせ暇をもてあましていたところだ」

と、向かいの席を示した。

育郎は「では」と応じながら、たしかこの人は四つ、五つ年上だったはずだがと思い、しわぶかく年老いてもなぜか美しく見える西洋人を、先ほど鏡の中に見たくたびれたおのが身とひきくらべてうらやましく思った。

慇懃《いんぎん》に控えるボーイに一人分の朝食と二人分のコーヒーを頼んでいると、窓の外でまたけたたましいクラクションが鳴った。

「どうもアメリカ人というのは騒々しい」

ドイツ紳士の落ちつき払った声に、

「いかにも」

と、育郎は同意して、「しかし、もうじきここともお別れです」とつけ加えた。このホテルはじきに彼らの宿舎になる、おそらく決定したら即座に移動させられるだろう、それは一週間後か、三日後か、あるいは明日かもしれない、私は同行するのか留《とど》まるのか、あるいは通訳の仕事はこれで終わりになるのかわからない、と言った。

すると銀髪の人は、

「私はここが好きだったのだが……」

と、残念そうに言った。

＊

背後でばたん、ぴしゃんと乱暴に扉を閉める音がして、数人の男女が入ってきた。満州国大使館員の家族らしかった。カストルプは一瞬、大袈裟《おおげさ》すぎるくらいに肩をすくめ、「私はどうもあの音が苦手なのです」と言い、半身にふり返ってそれが満州人なのを認めると、ちょっと笑って、「しかし、懐かしくもある」と不思議なことを言った。

「どういうことです？　ヘル……」

と、育郎が言いかけたのを、「どうぞ、ハンスと」と、カストルプはファスト・ネームを勧め、

「私は昔――二十代のころですよ――、胸を患ってアルプスのダヴォスのサナトリウムにいたことがあるのですが、そこにこのホテルはよく似ているのです。ドイツ人、イタリア人、オランダ人、ロシア人、いろいろな国の人びとが集まっていて、アジア人のような風貌の人たちもいました。その中に、いまのように毎日扉を乱暴に閉める人がいましてね。

それが目の細い、エキゾチックな、彼らのような顔の人だったのです」

満州国大使館員の家族をもう一度ちらりと見やり、続いて育郎の顔をまじまじと見つめ、

「あなたもよく似ている。えっと……」

「育郎です、ハンス」

ハンスはにこっとして、「イクロウ」、と感情を込めてゆっくり言った。

「私はアジアの方たちが好きなのです、育郎。アジアにはわれわれのヨーロッパとはまったく違う文化がある。心がある」

そんな相手の言葉に、育郎は「私もあなたのお国が好きだ。伝統が好きだ。文学が好きだ。あなたのその葉巻の香りが好きだ」と返した。ハンスは目を細め、葉巻をはさんだ右手を、これですか、というようにちょっと上げた。

育郎は言った。

「その香りを、私はドイツでかいだことがあるのです。戦争のあと——先の戦争ですけれど——、ベルリンに四年ほど留学したのです。そのときにかいだ懐かしい匂いだ」

ハンスは、

「マリア・マンツィーニ」

と、葉巻の名前を言った。そして、自分の部屋へ来てもう少し話しませんかと誘った。もうじきお別れなら、なおさら何も知らずじまいはさびしいではないか、と言った。

「教えてください」

ハンスはにっこりした。

「私は知りたがり屋なのだ、昔から」

「ええ」

育郎はうなずきながら、窓の外にみたびけたたましいクラクションが鳴るのを聞いた。

第一章　現代という武器なき戦場

なぜ『こころ』なのか

大正三年（一九一四）四月から八月まで足かけ五カ月間、夏目漱石は「東京朝日新聞」ならびに「大阪朝日新聞」に小説『こころ』を連載しました。

こんなお話です。

地方の良家の子弟である「私」は、高等学校時代のある夏、友人の誘いにより訪れた鎌倉の海水浴場で一人の男性と知りあいました。その人はいつもひっそりと一人で行動していて、若者や家族連れでにぎわう海岸ではむしろ目立ちました。「私」はそのミステリアスな雰囲気の虜《とりこ》になり、勝手にその人を「先生」と呼んで、なかば強引に先生の家に出入りするようになります。

先生には下宿先のお嬢さんをめぐって親友のKを裏切り、自殺に追いやってしまった暗い過去がありました。以来、先生は後ろめたい罪の意識に苛まれ、生きる気力をなくし、社会で活動する意欲も失い、人とつきあう元気もなく、生ける屍《しかばね》のようになりました。

そういう人ですから、最初のうち、無邪気に接近してくる「私」に当惑します。しかし、そのいちずな探究心に打たれて交情を重ね、ついにはそれまで誰にも明かさなかった過去を告白することにします。しかし、それと同時に命を絶ってしまいます。先生にとってその告白は、自分の命とひきかえの、言い換えればみずからの命と等価の、きわめて深刻な告白であったのです――。

実は、この小説にはちょっとした裏話があって、漱石は当初「心」という大テーマのもとで、人の心にまつわるいくつかの短篇《たんぺん》を連作的に書き綴っていこうと考えていたのです。これはその第一作で、タイトルは「先生の遺書」といいました。ところが始めてみたら存外な大作となって短篇の域を超えてしまいました。そこで、けっきょくこれだけを独立させて『こころ』としたのです。

それにしても、私は漱石がこの物語に『こころ』というタイトルをつけたことが気になります。というのも、「心」というのはいまでは珍しくもない言葉ですが、二十世紀初頭には一般的ではなく、むしろ新語と言ってもよい響きをともなっていたからです。

では、「心」とは何でしょう? 難しく言えば「自我」と言い換えてもいいかもしれません。明治の新時代とともに日本には西洋の文明が流れ込み、怒濤《どとう》のように近代化が進みましたが、それにともなって、人びとはそれまでの封建時代とはまったく違う社会を生きることになりました。尋常ならざる変化のために神経を病む人も増えはじめました。ある意味で言えば、人びとは物質的には豊かになったけれど精神的には貧しくなったのです。漱石はそのような時代状況に注目して、それをやわらかく言い換えて、『こころ』というタイトルをつけたのです。

漱石の創作メモに、こんな言葉が書きとめられています。

Self-consciousness の結果は神経衰弱を生ず。神経衰弱は二十世紀の共有病なり。人智、学問、百般の事物の進歩すると同時に此《この》進歩を来《きた》したる人間は一歩一歩と頽廢《たいはい》し、衰弱す。（明治三十八、九年、断片。『漱石全集　第十九巻』）

『こころ』はしばしば、お嬢さんという女性をめぐって先生とKの間に起こった、三角関係の悲劇の物語と説明されます。もちろんそれも重要な要素なのですが、いちばんの主題はそこではないと思います。そうではなく、漱石は変わりゆく社会の中で置き去りにされる人びとの心を書こうとした。それがいちばんだと思います。

マンが描いた二十世紀のヨーロッパ

漱石の『こころ』と同じころ、ドイツの巨匠トーマス・マンも、海の向こうでやはり文明と人の心について洞察した物語を書きはじめました。『魔の山』です。

小説の舞台は、スイス・アルプスの山中ダヴォスにある結核治療のサナトリウムです。執筆のきっかけは結核を患った妻につきそってダヴォスにやってきて、三週間ほど滞在したことにあるそうです。

当時結核は不治の病といわれていましたので、そこは陰鬱《いんうつ》な〝死の館《やかた》〟です。しかし、ヨーロッパ中から有閑階級が集まってくる国際サナトリウムでしたから、ある種高級サロンのような趣もあり、その独特の空気にマンは興味を感じたのでしょう。連載が開始されたのは一九一二年で、二年後に第一次世界大戦が勃発したため中断し、終戦後にふたたび筆を起こし、都合十二年もの歳月をかけて一九二四年に出版しました。

物語は、ハンブルクの由緒ある市民階級の出であるハンス・カストルプが、結核療養中のいとこ、ヨーアヒム・ツィームセンの見舞いのため、大学卒業を目前にダヴォスを訪ねるところから始まります。それは就職活動で疲れきった彼自身の休養という意味もあり、期間は三週間の予定でした。ところが彼の〝ささやかなバカンス〟はバカンスで終わりませんでした。なぜなら、ダヴォスの空気に触れたとたん彼の肉体は変調をきたし、胸にラッセル音が見つかり、自身サナトリウムの患者になってしまったからです。医師は言います。ここの空気は病気を治すのに最適であるが、人が潜在的に持っている病気を引き出すのにも最適なのだ、と。「魔の山」といわれるゆえんです。まもなく社会に出るはずだったハンスは足止めを食らい、以後山の上で七年も過ごすことになります。

サナトリウムでは病気ゆえに厭世《えんせい》的になったり、暇をもてあまして執拗《しつよう》になったり、いらだって尖鋭《せんえい》になったりしている人間たちが、えんえん果てることのない議論を繰り広げていました。それはまったくの無益のようでもあり、無限の教養を与えてくれるようでもあり、人生の深淵《しんえん》を教えてくれるようでもあり、あるいは危険思想のようでもありました。ハンスはそれらのあるものには強く影響され、またあるものには影響されず、奇妙な療養生活を続けるのです。

物語の近景遠景に響いてくるヨーロッパの思想、あるいはハンス青年が病床でひもとくさまざまな科学的な学術書。それらは二十世紀初頭の学術的な知を網羅した百科事典のようで、この小説が類《たぐい》まれなる「教養小説」だといわれるゆえんです。しかし、マンがもっとも描きたかったのはそうしたアカデミックな情報ではなく、スケールは違いますが、漱石が描いたのと同じ、時代と心の関係だったのではないかと思います。

『こころ』と『魔の山』が似ていると言うと、こじつけのように思われるかもしれませんが、そうでもないのです。天才ピアニストで作曲家のグレン・グールドは、二十世紀の世界文学の中でとくにマンの『魔の山』と漱石の『草枕』を愛読していたようですが、漱石の『こころ』も彼の蔵書のリストに入っていました。この二人の組み合わせは、夏目漱石とマックス・ウェーバーという、私が近年こだわりつづけてきたペアに勝るとも劣らない一対だと思うのです。

「魔の山」の住人たち

漱石の『こころ』は、いまでももっともよく読まれている漱石の作品の一つですから、あらすじくらいは多くの人たちが知っていると思います。それに対してマンの『魔の山』は、『こころ』ほど馴染《なじ》みがないでしょうから、まずそのあらすじを見ておきましょう。

この小説には百人にものぼりそうな登場人物が描かれているのですが、あくまでも主人公ハンス・カストルプを中心に物語が展開している点で、作品は少しもブレていません。

カストルプをめぐって特筆すべきキャラクターとしては、まずイタリア人のセテムブリーニとユダヤ人のナフタをあげるべきでしょう。セテムブリーニはルネッサンス以来のヨーロッパの伝統的ヒューマニズムを体現したような役どころで、人類の進歩と理性と合理精神を陽気な長饒舌《ながじょうぜつ》で披露《ひろう》します。一方のナフタは謎のイエズス会士で、世界を秩序あるものにするためには恐怖と独裁で神の国を実現するしかないなどと主張する、陰々滅々たる人物です。そして、この二人を超越したような存在として、富裕なプランテーション経営者であるオランダ人のペーペルコルンが〝第三の男〟的に登場し、大人の存在感をもってハンスを感服させます。また、ハンスのいとこで親友でもあるヨーアヒム・ツィームセン青年も重要なキャラクターです。精神的な迷子の要素の強いハンスと違って、ヨーアヒムは軍人として祖国に尽くすという揺るがぬ信念を持っており、あやしいサナトリウムの空気になかなか染まりません。このほか、卓越した商売人根性と老練な手管で患者たちを魔の巣にからめ取るサナトリウムの医師ベーレンス、また、ハンスが恋心を寄せる奔放なロシア人の人妻、クラウディア・ショーシャなどが登場します。

さまざまな人種がひしめき思想が渦巻く山上の情景は第一次世界大戦前のヨーロッパの縮図であり、マンは歴史の中に二重、三重にせめぎあっている文化の古層のようなものを象徴的に描き出したのです。

一説によれば、「魔の山」というタイトルは、ゲーテの『ファウスト』の「ワルプルギスの夜」の魔的な山のイメージに想を得ているそうなのですが、その目で眺めると、たしかにこの小説には、ものごとが爛熟《らんじゅく》して大爆発にいたる前のカーニバルのような観があります。

百戦錬磨のつわものたちの前で、ハンス青年はいかにも未熟に見えます。しかし、姑息《こそく》な技巧を弄《ろう》さないそのキャラクターは大いなる器のようなものも感じさせ、育ちの良さと風格を醸し出してもいます。それは、彼の幼年時代の描写などにも現れています。彼は幼くして両親と死に別れたため祖父に育てられるのですが、その祖父がいかにも古典的な、良きドイツ人なのです。つねに折り目正しい黒服をまとい、真っ白な襟高のシャツに古めかしい襟飾りをつけて、ぴしりと姿勢を正しています。良心と良識にしたがって正しい生活を送るその姿はマンにとっては一つのノスタルジーであり、理想でもあったのでしょう。

小説『魔の山』のラストは、硝煙《しょうえん》の臭いがたちこめる第一次世界大戦の戦場で、ハンスたちの部隊が弾丸の洗礼を雨あられと受けている場面で終わります。その幕切れはやや唐突なのですが、上空からハンスを見おろすマンの語り口には彼への激励が感じられ、かすかな希望のようなものもほの見えます。そこには、われわれはこの戦争に負けた、この敗北はさらに悪い道を開くかもしれない、しかし、わが国の伝統的な精神は生き残り、苦難を乗り越えていつか必ず復活する、してみせる——という、マンなりの思いが託されていたのかもしれません。

ちなみに、マンと漱石には時代と人間を見る目において非常に共通したものがあるのですが、書き方は対照的です。マンは外枠である社会のほうから入って人間に向かっていきますが、漱石はまず人間の内側に入りこみ、そこから社会を見るという方向へと視野が広がっていく感じです。同じものを描くのに、二人は正反対のベクトルからアプローチしているわけです。このため、マンの作品は望遠鏡を覗《のぞ》くような俯瞰《ふかん》的な群像劇になり、漱石は顕微鏡で一人ひとりの内面を見つめるような心理小説になります。

また国家と個人の関係のとらえ方にも対照的なところがあります。愛国者であるマンは主人公を祖国の赤子のように見ていますが、クールな漱石は国家と主人公の間にもう少し距離を置いているように見えます。

第三の「戦後派《アプレゲール》」

漱石は「神経衰弱は二十世紀の共有病なり」と言いましたが、それから百年後の現在、日本のうつ病患者は百万人ほどいるといわれ、「自死」者は年間三万人を超えます。韓国でも「自死」者は一万五千人近くで、十万人あたりの死者数では日本を上回っています。いかに人びとの精神が危機的状況になっているかがわかるはずです。

いったいなぜこんなことになったのでしょう？　このことは、いま世界中で吹き荒れているグローバリゼーションの嵐と無関係ではないと思います。尋常ならざる「自死」者の数は、その見えない弾に当たって命を落とした人びとの群れなのではないでしょうか。これは百年前の戦争と無関係ではないように思えてなりません。そのときから連綿と続いている因果関係の帯の上にあるのです。

懸念されるのは、この武器なき世界戦争がさらに激化し、敗者がもっと増え、怨嗟《えんさ》が募って恐ろしい爆発を起こすことです。ややコピーライティング的に言うと、第三の「戦後派《アプレゲール》」の反乱とでもいうべきものが起こりそうな予感がするのです。それはどんなことを意味しているのでしょうか。

まず、「戦後派《アプレゲール》」とは何でしょう。この言葉はもともと、第一次世界大戦後のフランスに興った芸術上の新しい傾向を指していました。やがてそれが転用されて、第二次世界大戦後、戦前の既存の伝統や価値、思想に拘束されず、奔放に振る舞う行動的な若者たちを意味するようになりました。それをアドルフ・ヒトラーの世代に当てはめるのは無理があるかもしれませんが、ある意味でヒトラーは「戦後派《アプレゲール》」の世代と言えます。この戦後世代こそ、やがてヒトラー率いるナチスに結集することになるのです。彼らによってドイツでは、祖国が不名誉な敗北を喫したのは国内に獅子身中《しししんちゅう》の虫がいて、それらによっていわゆる「背後からの一突き」をくらわされたせいだという陰謀説がまことしやかにささやかれました。われわれがこんなひどいことになったのは、時代遅れの博愛主義や、自分たちの足をひっぱる異民族のせいである――と、彼らは考えたのです。そして、言葉だけの理想など葬り去ってしまえ、競争に勝つためには邪魔者は切り捨てるしかないと叫びました。かくしてワイマール共和国は破壊され、ユダヤ人がスケープゴートに仕立てあげられ、恐るべきファシズムへの道をひた走ることになったのです。そのヒステリー的な精神は世界中に飛び火し、その果てに第二次世界大戦という人類史上最悪の戦争が起こりました。これによってヨーロッパの伝統であったヒューマニズムの精神は地に堕《お》ちました。

そして、第二次世界大戦後、地球上には東西二極の対立をはじめとする戦後政治の体制ができあがりますが、その反作用、あるいは揺り戻しとして、一九六八年ごろに戦後世代の若者たちが世界のあちこちで蜂起したのです。これが先にも述べた第二の「戦後派《アプレゲール》」の反乱です。日本の場合はいわゆる団塊の世代がこの主役となりました。

この波が過ぎたのち、東西対立の時代は終わり、世界はグローバルな経済競争の時代に突入し、その苛酷《かこく》な優勝劣敗の法則は、個人をますます剝《む》き出しの社会的な淘汰《とうた》にさらすことになりました。さらにこの戦いは地球上にかつてない格差や不均衡を生み出し、累々たる屍の山を築きつづけていますが、それによっていま三度目の「戦後派《アプレゲール》」の反乱が起ころうとしているように見えるのです。今回の主役は、熾烈な競争に敗れてうつやひきこもりになったり、大学を卒業しても職につけなかったり、あるいはリストラされたり、非正規雇用の立場に涙をのんだりしている人びとです。一つ前の第二の反乱は豊かな若者たちによる、自由放埒《ほうらつ》な自己表現の追求という、多分にお遊び的な側面もなきにしもあらずで、その意味では〝幕間劇〟だったとも言えますが、第三の反乱はそれよりずっと深刻です。たとえば、陰湿ないじめや、無差別な凶行、さらにネットを駆けめぐる鬱憤《うつぷん》晴らしのためのスケープゴート叩《たた》き。また、かつての国粋主義を彷彿《ほうふつ》とさせるようなヘイトスピーチ。これらを見ていると、グローバル資本主義の敗者たちや没落の不安に怯《おび》える人びとの中で、排外主義や社会の「異物」への攻撃に捌《は》け口《ぐち》を見出す傾向が顕著になってきているように思えてなりません。現代の荒廃した心は思った以上に危険ラインに近づきつつあるのではないでしょうか。

漱石やマンたちが描いたのは、いわば「心が失われはじめた時代」の心でした。それから百年後のいま、私たちはすでに「心なき時代」の心に向かいあっている——と言っても言い過ぎではないでしょう。

『続・こゝろ』② 頬傷の男

漆喰の高い天井に葉巻の煙が墨流しの模様を描いている。部屋のしつらいは育郎のところとほぼ同じだが、東に窓のある育郎の部屋と違って南西向きのため、午前中はやや暗い。そして、額の花が乱菊だ。花火のようにしだれた花弁は関西人の晴着の柄のようで育郎は好まなかったが、西洋人にはわかりやすかろうし、秋に向かういまじぶんには春のモクレンよりもふさわしいかもしれないと思った。

控えめな雰囲気のハンスの妻は「お話のお邪魔になるでしょうから」と、飲みものの用意を整えると部屋を出ていき、数分後に戻ってきて、「いま、いただいたの」と桔梗《ききょう》を一本コップに挿したのを二人の間に置き、またそっと出ていった。色白で眉《まゆ》のきれいな、日本人女性だった。

紫の花色のおかげで急にさえざえとした円卓に、育郎が訳したドイツの小説がいくつかのっていて、先ほどからハンスはそれらを一冊ずつ手に取り、ためつすがめつ眺めている。ゲーテの『若きウェルテルの悩み』と、『親和力』と、新進の作家たちの短篇アンソロジーと、グリム童話を育郎なりに編んだものなどが数冊。いずれも小さな出版社の刊行で、なかには一般にはほとんど出回らぬ自費出版のものもあったが、そういうもののほうが隅々にまで自分の好みが行き届いていて、あとから見直せば愛着が強かった。

ハンスはそれらのすべてを吟味しおえると、

「りっぱだ」

と、言った。自分は日本語はしゃべれるが、読めないから残念だ、もともと工学系だから読めたとしても的外れなことしか言えぬであろうが、これらが素晴らしい仕事であることはわかるとハンスは言い、いちばん上の一冊をもう一度手に取ると、ふたたび「りっぱだ」とつぶやいた。

予想以上に褒められたことがおもはゆく、育郎は「そんなことはない」と否定した。すると、相手は「なぜ」と真顔で反論してきた。

「どうしてです？」

社交でなく本気で理由を訊《たず》ねるところが、やはり日本人でなかった。育郎はやや戸惑い、相手の感覚につられて、

「私は文学を愛している、しかし、文学の世界に逃げていたところがあるのも確かだから」

と、妙にほんとのことを答えてしまった。

そして、ややもやっとした空気が漂ったのをうち払うように、育郎は、「私のことはあとで語りましょう。それよりまずはあなただ、ハンス。あなたが言い出しっぺなのだから」と明るく言った。

ハンスは肩を少し上げて、「ヤー（ええ）」と笑った。そして葉巻の煙をゆっくり吐き出し、あなたも一本いかがです？　と言った。

＊

「さっきここに似ていると言ったサナトリウムですが、それはここ以上に国際的で、いわゆる人種の坩堝で、おかしな連中がたくさんいたのですよ」

天鵞絨《ビロード》のソファに深くもたれ、ややくぐもった、しかしよどみのない口調でハンスは話しはじめた。

「古きよきヨーロッパの人文主義を信奉している男がいた。おせっかいで、押しつけがましくて、でも温かい教師のようで、私のことを『エンジニア、エンジニア』と変なあだ名で呼んで、まるで教え子扱いだった。え？　ああエンジニアですか？　私は大学を卒業したら、ハンブルクで造船会社の設計技師になる予定だったのです。就職も決まっていた。ところが、病気になってとんだ場所につかまってしまったわけです。

恐ろしく頭のよいユダヤ人もいました。テロルによる世界征服みたいなことを本気で考えている危険人物だったが、話を聞いていると引き込まれていく。彼らはのちに決闘して、一人は死にました。いろんな考えの人がいた。

結核病院ですから、明るい場所ではありません。楽しくもない。死の匂いが満ちていました。しかし、私には不思議に慕わしかった。行動力のない不活発な人たちが口だけの議論を繰り広げる。気持ちが昂《たかぶ》って尖鋭になる。喧嘩《けんか》になる。実のない妄想だからこそ過激になるということがあるのでしょうね。しかし、次の日には忘れてまた益もない議論を始める。そのほかの仕事は栄養のあるものを食べて、眠るだけ。それだけです。何の生産性もありません。しかし、そこの空気にはおかしな魅力があって、数週間もいたら私は帰るのがいやになってしまった。私だけではありません。退院しても舞い戻ってくる人間が多かった。じっさい多くの患者はそこを『故郷』と呼んでいました。私は七年いましたが、もっといたいくらいだった」

育郎は「ではなぜ?」と訊《き》いた。ハンスは一息ついて両手を組みあわせ、何度かもみしだくと、「戦争です」と言った。

「一九一四年の大戦です。長い夢を破られました。私は何年も戦場を転々としました。そして悟りました。戦争はいけません。人間を変えてしまう。普段は決して悪人ではない者が、いざとなったらとてつもなく恐ろしいことをする。なぜなのか？　私は真剣に考えました。人種の違い、歴史の違い、文化の違い、宗教の違い。そういったことを考えるとき、サナトリウムの七年は無益ではありませんでした。ああそうだったのかと思い当たることがたくさんありました。あの山上に渦巻いていたもの。それはあのころのヨーロッパに存在した魑魅魍魎《ちみもうりょう》たる思想の縮図でした。あそこで繰り広げられていた論争。それはそのあとに起こる戦争の模擬実験のようなものだった。そんな気がします」

「なるほど」

育郎は聞き入った。

「むごい戦争を経験しましたから、そのあと、私は人間の愛と命の意味を教えるような仕事がしたくなりました。そこで、ミュンヘンに行ってギムナジウムの教師を十年ほどやりました。友人の父親がそこの校長をしていたのです。ハンブルクに帰るのはもっとあとでもよいと思いました。家業は名誉職でいずれ継ぐことになるのですから。それよりも私は理想を求めたい気持ちだった。しかし、時代はその方向には動いていきませんでした。あなたもそのころドイツにおいでになったのならご存じですね。インフレ、倒産、生活苦、その上仕事もない。やがて私たちの国はファシズムに染められていきました。学生たちも染まっていきました。私は憂鬱になりました。ときには感情的になって、教え子に当たってしまうこともありました。そこで、世界恐慌のあと、ミュンヘンで結婚した日本人の妻と子とともに日本に渡ることにしたのです。ええ、あなたが先ほどお会いになった彼女です。彼女は在独日本大使館に勤めていた職員の娘だったのです」

育郎は耳を傾けながら、ミュンヘンは政治と思想の坩堝のようなところでしたからね、と言った。「ナチスが生まれたのも、あそこだ」

ハンスはうなずくと、アドルフ・ヒトラーが登場したときの人びとの熱狂はいまも悪夢のように思えると言った。しかし、忘れがたい人の記憶もミュンヘンにはあると言い、社会学の祖であるマックス・ウェーバーの思い出を語った。

「あなたはわれわれの祖国にくわしいから、彼のこともきっとご存じですね。あれは、敗戦のショックと革命の熱気が渦巻いていた一九一九年だった。ミュンヘンの学生団体のために行われた彼の講演を、私も聴きにいったのです。背が高くて、翳《かげ》があって、目の鋭い、黒い狼《おおかみ》のような人でした。若いころに決闘したことがあるそうで、頰に刀傷があって、それがまた一種の凄《すご》みをかもしていた」

育郎は思わずハンスの顔を見た。ハンスはかまわず、

「マックスはヒステリーになっている学生を威圧するように、いま行われるべき政治の理想と、学問の意味について話しました。情熱的な愛国者ではあるけれど氷のような理論家でもある彼は、いまこそ客観性に裏づけられた倫理を求めよ、権力に盲従してはならぬと言いました。学問の独立を説きました。しかし、学生たちの耳にどれだけ彼の言葉が届いたか。みな酒に酔ったように、いまの自分たちに必要なのは益のない学問ではなく、説教たれの教師でもなく、強い指導者だとヤジを飛ばしました。私は押しとどめようのないものを感じました」

育郎は聞きながら、愛国者はマックス・ウェーバーよりもこの人だと思った。

ハンスは続けた。

「私のいちばん印象に残ったマックスの言葉は……」

「何でしょう?」

「時代の要求に耳を傾けろ、と。それから」

「それから？」

「汝《なんじ》のダイモンを見出せ、と」

「ダイモン——、守護神ですか？」

ハンスはうなずいた。「おのおのがおのおのの信念を求め、それに従って生きよ、と」

「いい言葉だ」

ハンスはまたうなずいた。

「しかし、そのあとのことを思えば、マックスの言葉よりもアドルフの言葉のほうがドイツ人には届いたのです。そういうことだ」

「ええ。わかります。この日本だって——」

二人の間に沈黙が流れた。そして、ハンスは唐突に「そう言えば」と話題を変えた。

「育郎、私の妻は私の初恋の人にそっくりなのですよ」

「ほう」

「サナトリウムにクラウディアという名のロシア女性がいましてね。食堂のドアを乱暴に閉める人」

「ふふ、その人なのか。しかし、ずいぶん遅い初恋ですね」

「いや、初恋の人はギムナジウムの十三歳のときの同級生で、スラヴ人の血をひいている少年でした。ヒッペというのですけれど、その彼にクラウディアがそっくりだったのです」

「三角形の類似？　おもしろいですね。あなたの初恋は少年なのだ」

「いや……、うん、まあ、そうです。どちらにしても妻にはないしょです。妻はよく、あなたは私を見ていらっしゃらないとか、恨みごとを言っていた」

ハンスは唇の前に人差指を立てて、いたずらっ子のように笑った。そして、さて、という顔をして、

「その妻とともに一九三〇年に日本に来て、彼女の父親のコネクションでドイツ領事館に入りました。ですから私はその後、祖国が最悪のことになるのをこの目で見ていないのです。一人息子は十歳のときに帰国させてギムナジウムに入れましたから、彼だけは現実を見ている」

そして、言った。

「けっきょく私は逃げてきたのだ。祖国が変質していくのを見たくなかったのだ」

さらに続けた。

「しかし、それだけ祖国を愛しているともいえる。育郎、私はやはり祖国を愛しているのです。それでいて、こうやって高みの見物で批評している。まったく矛盾しています」

育郎は黙って微笑《ほほえ》んだ。

「いまジャズを鳴らしてジープで走りまわっている人たちが正しいとは、私は思わない。しかし、勝てば官軍ですよ、あなた。私たちはこれからしばらく耐えねばなりません」

そう言うと、ハンスはふーっとため息をついた。そして少しうつむき、すぐ顔をあげて、

「いかがです?」と銀のポットを持ちあげ、空のカップに濁った琥珀《こはく》色のような液体をゆっくりと注いだ。すっかり冷めてしまったなとつぶやいた。

「外で騒いでいる小さな悪魔たちをごらんなさい。あんなに幼くても変わり身の早いこと。まことに民の心は度しがたい」

*

育郎が冷めたコーヒーを口にする間、ハンスはテーブルの上の本をふたたび手に取り、パラパラとめくった。そして、ふと手を止めると薄茶色の瞳をまっすぐ日本人の友に向けた。

「育郎、あなたも先ほど自分は逃げている、とおっしゃいましたね」

本の真ん中あたりからもみじの押し葉が一枚、すべり落ちた。

育郎は答えた。

「ええ、逃げている。あるいはどちらにも行きたくない。しかしハンス、あなたの場合は少し違うような。むしろ、反骨精神？」

「ナイン（いいえ）、凡人なのです。つまるところ」

二人は顔を見合わせ、一瞬考え、はじけたように笑った。

「まったくだ。私もそうだ」

ハンスは床に目をやると、顔を育郎に向けたまま身をよじって足元に落ちたもみじ葉を拾い、「さて」と言った。

「長話になった。今度はあなたのお話を聞きたいな。どうです、ちょっと散歩しませんか。歩きながらうかがいましょう。こんなに美しい日だ。監視の米兵もきっと大目に見てくれるはずです」

と言うなり、卓上の便箋《びんせん》を引き寄せると、羽ペンで妻宛《あて》の伝言をカリカリと綴った。末尾にピリオドを打ってから、中ほどに戻ってちょんちょんと二カ所にウムラウトをつけた。おかしな書き順だった。その上にもみじ葉を置き、余白のところを桔梗のコップで押さえた。濃紺の横文字に茜《あかね》色と紫色が映えて美しかった。

そして、思いきりよく立ちあがると、顎《あご》で客人をうながした。

育郎は長身瘦軀《そうく》のうしろ姿に従いながら、「そう言えば、ハンス」と声をかけた。ふり返った人に、「先ほどあなたは頰に傷跡のある社会学者のお話をなさったけれど……」と、言うと、

「これですか」

と、ハンスはおもむろに自分の頬を指さし、にっこりした。

「私も決闘したのです。戦場で。いや、冗談です」

それ以上言わず、すたすたと扉に向かった。

第二章　なぜ生きづらいのか

代替案《オルタナテイヴ》がない

漱石やマンが「あやうい心」を発見してから百年。いまわれわれの心はかなり追いつめられたところまで来ているのではないでしょうか。

それにしても――。私たちはいったいなぜこれほど生きづらくなったのでしょう。お金がないからでしょうか。先行きの保証がないからでしょうか。夢が持てないからでしょうか。仕事がないからでしょうか。それとも、生き甲斐を見つけられないからでしょうか。

そのいずれも少しずつ当たっているのですが、私はより本質的な理由として次の三つについて考えてみたいと思います。

まず一つ目は、グローバリゼーションが進み、多様化が進むどころか、むしろ人びとの価値観が画一化し、「代替案《オルタナテイヴ》」というものを考えられなくなったことです。

どんなものごとでも答えは一つではありません。常識的によいといわれていることのほかにも、自分にとって最適の何かがあるはずです。しかし、多くの人がそれを見つけられなくなっているのです。

たとえば、進学、就職、収入、社会活動、人間関係、恋愛、あるいは趣味や暮らし方……。どのような生き方が賢くて、どのような働き方が尊敬されて、どのような生活スタイルがカッコいいのか。そうしたことについての価値観が異様なくらい画一的になっていて、それ以外のものを思いめぐらす想像力がないのです。一つの価値観しか持っていないと、それが崩れたときに逃げ場がないという恐ろしさがあります。

いじめやひきこもりなどの問題も、これと無関係ではありません。先だってこんなことがありました。ある若者から、いじめにあって学校に行けなくなり、家庭内でもうまくいかず、悩んでいるという話を聞いたのです。そこで私は、それなら家出でもして知らない土地に行ってやり直したらどうかと言いました。すると、家出？　そんなことは思いもよらない、そういうことではなく、いまこの現状をよくするためにはどうしたらいいかを知りたいのだという、まったくすれ違いの反応が返ってきました。

私としては、その生き方がどうしても苦しいならリセットしたらいいと思うのです。

いまの学校がだめなら別の学校に入る。いまの土地がだめならよそへ行く。家族との関係がだめなら一人暮らしをする。コンビニなどでバイトでもすれば若者一人くらいなんとか生きていけるでしょう。我慢したあげくに死を選んでしまうより、まったくいいはずです。

それにもかかわらず、いま自分が手にしている価値観を捨てられない人が多いのです。それを捨て去っても人生は続く、いくらでも別の人生はあるというふうに考えられなくなっているのかもしれません。

私が青春時代を送ったころには、そうではなかった気がします。一九七〇年代、多くの若者はこの日本に理想や希望があるなどとは思っておらず、こんな社会なんかくそっくらえだと息まき、むしろ中国やパレスチナにパラダイスがあると信じていたりしました——実際にはその多くはまったくの幻想であったわけですが。とにかく、目の前の社会に自分を合わせようとは思わず、ナップザック一つかついでいっそそっちへ行ってしまおうと本気で言ったりしていました。それがよかったのか悪かったのかは別として、少なくともボヘミアンになることをあまり恐れていませんでした。

しかしいまは、自分が生きている世の中が生きづらいと思ったとき、多くの人がそれについていけない自分のほうを否定しがちです。世の中がおかしいと思っても、自分のほうを曲げてそこで成功しようとするのです。いったいいつの間に私たちはこんなにものわかりがよくなったのでしょうか。

いや、いまだって田舎へ移ってスローライフを始めたりする個性派はいるという反論があるかもしれません。しかし、それらをじっくり眺めれば、多くの場合、やはり現代的な価値観によって担保されたスローライフで、真正の自給自足やサヴァイヴァルではないことに気づくでしょう。「そうは言っても、金がなきゃ話にならない」とか「老後はちゃんと困らないようにしてある」とか、何かあてにできるものを確保した上でのものなのではないでしょうか。

代替案《オルタナティヴ》を考えられない心は幅のない心であり、体力のない心だと思います。言い換えれば、心の豊かさとは、究極のところ複数の選択肢を考えられる柔軟性があるということなのです。現実はいま目の前にあるものだけではないとして、もう一つの現実を思い浮かべることのできる想像力のことなのです。

〝隣人〟がいない

二つ目は、人と人とのつながりが薄れ、危機に陥っても誰も助けてくれない、少なくともそう思っている人びとが多いということです。

たとえば、大学を卒業しても職につけない人、リストラにあって再就職の見込みもない人、成果をあげられず仕事が回ってこない人、健康保険料を払えず病気の治療もできない人、心を病んで家から出ることもできなくなってしまった人……。そういう人を見ても、手が差し伸べられなくなりつつあります。

誰しもそういう人を気の毒に思わないわけではないのです。痛ましくも思うのです。しかし、見て見ぬふりをしてしまう人が多いのです。明日はわが身かもしれないと恐れるあまり、かかわりあいになることを避け、ガードを固めているのです。ふと見渡せば、われわれはみな孤立して、〝隣人〟を失ってしまいつつあるのではないでしょうか。

私たちはいつから相互扶助の精神を忘れたのでしょう。いつから「お互いさま」が死語になったのでしょう。いまでは、困っている人を助けないことを冷血と非難するより、むしろ、怠け者に足をひっぱられるのは不合理だという考え方のほうが先に立ちます。悲しいことですが、社会全体の通念がすでにそうなりつつあります。

「働かない者になぜ金をやるのか」「できない者に仕事を与える必要はない」「失敗したのはリスク管理能力がないからだ」

このような考え方には、すべての責任を個人の問題に還元して、社会に不利益が生じないようにしようとする意識がそこに見えます。

友人関係などもそうです。たいていの人が深い人づきあいをすることを避け、いざとなったらサッと切ることができるような関係しか築こうとしません。そこに一抹の物足らなさはあるのです。しかし、突っこんだ関係になってあとで面倒なことになるほうを心配するのです。

「社会は存在しない。あるのは家族とせいぜい個人だけだ」というサッチャー流の新自由主義に対してはまだ多くの人びとが違和感を持っていた時代、社会はみなが互いを支えあう網の目のようなものであるという感覚が生きていた時代、私たちはよい意味でそのしがらみにからめ取られて生きていました。じっさい、それがあるから、人は多少失敗しても即座に奈落の底に落ちたりせずにすんでいたのです。でもいまは違います。個人はばらばらの原子のように切り離されていますから、ひとたびことが起これば、即座に滑り台を落ちるように悲惨な状況に突き落とされてしまうのです。

もちろん、こう言ったからといって、全面的に昔に戻れと主張しているわけではないのです。人の助けを借りず、自分の力で前途を切り開いていく努力は必要でしょう。しかし、人はそもそも一人では生きていけないのです。それは生きものとしての宿命のようなものです。だから、やはり「人とともに生きていく」という考え方が、社会の土台にならなければなりません。

人心の安定と社会の安定は密接に関係しています。たとえば絶体絶命の危機に陥っても、自分の隣に確実に隣人がいて、金銭の面倒までは見てくれないにしても無視されることはなく、少なくとも同情はしてくれる。そのようなことが当たり前になっていれば、人はそれほどひどい恨みの情を抱いたり社会に憎しみを覚えたりはしないはずです。

またそれは社会全体の創造性のようなことにも関係してきます。「失敗しても生死にかかわるほどのことじゃない」という安心感があれば、人は思いきってチャレンジすることができます。逆に、「失敗したらあとがない」と追い詰められたら、極端に慎重にならざるをえません。その結果、みんなが大きな冒険をしなくなって社会全体が萎縮《いしゅく》してしまうのです。大失敗がなくなるので無駄は減るかもしれませんが、革新的なものも生まれなくなります。なんのおもしろみもない世界になっていくような気がします。

やるべきことがわからない

三つ目は、いま述べた二つのこととも関係するのですが、価値観が画一化し、選択肢が少なくなったために発想力が貧困になって、何をしたらいいかわからなくなったことです。失敗しても誰も助けてくれませんから、みな恐怖にかられて必死に走りはするのです。しかし、そうでありながら、自分は何をめざすのかという目標が見つかりません。これでいいのだという確信が持てないのに止まるわけにもいかないので、無闇《むやみ》に走っていかざるをえないのです。その果てに精も根も尽きはててしまう。これもまた、いま多くの人が心の病に陥っている大きな理由だと思います。

では、なぜこのような事態になったのでしょう。その背景を探っていくとき、私は二十世紀中ごろに生まれた戦後世代、とりわけ「団塊の世代」といわれる人びとの功罪を考えることがあります。いまの心の危機は、とりわけ一九七〇年代の終わりごろから隣人を支えない社会が進んでいく中で深刻化していったように思うのですが、その時代に最大の社会の担い手であったのが彼らだからです。

一九五〇年代終わりから一九七〇年ごろまでの高度成長時代は、一見非常に技術革新《イノヴェーション》に富んでいるようでありながら、思想のあり方としてはかなり保守的でした。なぜかと言うと、戦争で完膚《かんぷ》なきまでに敗北し極度の貧困に陥ったので、二度とこのような事態にならぬようにしよう、ぜったいに破綻しない国づくりをしようと、終身雇用や年功序列、年金や保険、失業にかかわる制度など、さまざまな互助システムを整えていったからです。このような中で経済大国の功労者である日本型のサラリーマンができあがっていきました。

しかし、戦後三十年もたったころにはそのありがたみが薄れ、新しい世代はそれを煩わしい足枷《あしかせ》と感じるようになりました。それが「団塊の世代」なのです。彼らは革新的な未来を作っていくためには過去の遺産は邪魔だと考えました。未熟で尊大な反抗精神から、旧世代が営々と築きあげたみんなで支えあうシステムを壊していったのです。

冷静にふり返ると、けっきょくのところ、彼らがやりたかったことは考え抜かれた個人主義でもなく、透徹した左翼の思想でもなく、ただ「自分」というものを自在に跋扈《ばっこ》させたいという、移り気な自分中心主義でしかなかったような気がします。朝鮮戦争が始まった年に生まれた私は、いわゆる「団塊の世代」の一年あとの世代に属します。その意味で彼らの心情はわからないわけではありません。しかし、「在日」の私は、そもそも、彼らが叩き壊そうとした「体制」からつま弾きにされていたのですから、彼らの「造反有理」に強い反発心を抱かざるをえませんでした。「体制」の中で生きていけることは、私の目には特権に映ったのです。そしてその特権をみずから放棄する彼らは、最大の特権階級のように見えたのです。

やがて冷戦が終わり、ソ連や東欧の社会主義体制が崩壊し、経済成長も終わり、戦後世界で掲げられていた神話は続々と地に堕ちたわけですが、そうなったとき代替案《オルタナティヴ》となるものは何も残っていませんでした。人情も助けあいの心もなく、清貧の思想もなく、勇敢な冒険の心もありません。そんな焼け野原のような地面の上を、グローバリゼーションという名の激烈な市場経済のパワーが一面、ローラーをかけるように猛進していくことになったのです。

いま思えば、資本主義の中にも、ある時期まではいくつかの異なったタイプがあったような気がします。たとえば、かつて「企業文化」という言葉があったように、経済活動をただ即物的なマネーの循環と見るのではなく、文化や芸術の要素を加味して付加価値のあるものにしようという考え方もありました。しかし、いまの資本主義にはそんなものはありません。あるのは万国共通の無味乾燥な数字だけです。勝ち負けと損得というすれっからしの概念だけです。その下で、なんの展望もなく、どこにも結びあわされておらず、何をしたらいいのかわからないバラバラの個人が、ドングリの背比べ的なせせこましい競争をして、神経をすり減らしているのです。

単一な価値観しか持たないグローバル競争社会と、その中で危機に瀕《ひん》している人びとの心。そのすべての咎《とが》めを「団塊の世代」に負わせることはお門違いです。また世代論ほど、大味でぶっきらぼうな議論はありません。それでも、彼らのツケをいま払わされている側面はかなりあるのではないかと思えてなりません。

時代と心

われわれはなぜこんなに生きづらいのか。私なりに三つの理由を述べてきましたが、最後に一つ、強調しておきたいことがあります。それは、人間は自分が生きている社会や時代と無関係に存在することはできないということです。これが人間以外の動物と決定的に違うところです。社会に望みがなければ、そこで生きる人間の人生も望みのないものになり、社会が豊かで生き生きとしていれば、そこで生きる人間の人生も豊かになります。時代が病んでいるのに人間は健康的に生きろと言うほうがまちがいなのです。もっと言えば、人はその社会の働き以上の働きをすることはできないのです。

時代と人の心に密接な関係があることは、マンも『魔の山』の中で力説しています。

人間というものは、個々の存在として個人的生活を送っていくのみならず、意識的あるいは無意識的に、自分の生きている時代の生活や自分の同時代人の生活をも生活していくものである。(……)我々は誰しも、いろいろな個人的目的、目標、希望、見込みなどを眼前に思い浮べて、そういうもののために高度の努力や活動へと駆りたてられもしようが、しかし私たちを取り巻く非個人的なもの、つまり時代そのものが、外見上ははなはだ活気に富んでいても、その実、内面的には希望も見込みも全然欠いているというような場合には、つまり時代が希望も見込みも持たずに困りきっているという実情が暗々裡《あんあんり》に認識できて、私たちが意識的または無意識的になんらかの形で提出する質問、すなわち一切の努力や活動の究極の、超個人的な、絶対的な意味に関する質問に対して、時代が空しく沈黙しつづけるというような場合には、そういう状況は必然的に、普通以上に誠実な人間にある種の麻痺《まひ》作用を及ぼさずにはおくまいと思う。しかもこの作用は、個人の精神的、道徳的な面から、さらにその肉体的、有機的な面にまで拡《ひろ》がっていくかもしれない。「なんのために」という質問に対して、時代が納得のいく返事をしてくれないというのに、現在与えられているものの力量を上回るほどの著しい業績を挙げようという気持になるのには、ごく稀な、あの英雄的な性格を持った精神的孤独と直截《ちよくせつ》さか、あるいは恐るべき生命力が必要であろう。

（『トーマス・マン全集Ⅲ』）

難しい言い方をしていますが、要するに、人は個人として生きているだけでなく、時代の一員として生きているのだから、そこに矛盾があれば、個人の精神も当然それに影響されて歪《ゆが》んでいくということです。時代に夢も希望もなく、人は何のために働くのかという問いに返事をしてくれない場合、個人がそれを上回る働きをするのは無理だと言っているのです。

漱石もまた、同じようなことを考えました。人の心は時代と密接に関係している、それゆえにこの文明の時代を生きるわれわれは息苦しいのだという主張です。この考え方は漱石のほとんどの作品に共通しています。

そう考えると、『こころ』にはたいへん重要なキーワードがあります。それは、先生が「私」にしたためた遺書の中に見える「殉死」という言葉です。明治天皇が崩御し、軍人の乃木希典《のぎまれすけ》大将が殉死したとき、先生は親友に死なれて以降、生ける屍《しかばね》のように長らえてきた自分がやっと死ぬべき理由を見つけたように感じます。そして「私」に、自分は明治という時代の精神に殉死すると告げるのです。

するとで夏の暑い盛りに明治天皇が崩御になりました。其時私は明治の精神が天皇に始まって天皇に終ったような気がしました。最も強く明治の影響を受けた私どもが、其後《そのあと》に生き残っているのは必竟《ひっきょう》時勢遅れだという感じが烈《はげ》しく私の胸を打ちました。私は明白《あから》さまに妻《さい》にそう云《い》いました。妻は笑って取り合いませんでしたが、何を思ったものか、突然私に、では殉死でもしたら可《よ》かろうと調戯《からか》いました。

（……）私は殉死という言葉を殆《ほと》んど忘れていました。平生使う必要のない字だから、記憶の底に沈んだ儘《まま》、腐れかけていたものと見えます。妻の笑談《じょうだん》を聞いて始めてそれを思い出した時、私は妻に向ってもし自分が殉死するならば、明治の精神に殉死する積《つもり》だと答えました。私の答も無論笑談に過ぎなかったのですが、私は其時何だか古い不要な言葉に新《あた》らしい意義を盛り得たような心持がしたのです。（……）

それから二三日して、私はとうとう自殺する決心をしたのです。

（『漱石全集　第九巻』）

先生のいう殉死とは何なのでしょう？　殉死という言葉に「新しい意義」を盛りえたとはどういうことでしょう。「こうだ」と断言するのは難しいのですが、もとより、乃木さんのように明治天皇に殉じるという意味ではないと思います。目の前にある社会にどうしても添いえないものが自分の中にあって、それゆえに死ぬのだとしか言いようのない心情だと思います。明治の新時代とともに激変した倫理観、上下の秩序、経済感覚、文明観、道徳観念、人間関係、家族関係……。それらに対する漱石の非常なるアイロニー、あるいは冷徹な時代批判がそこにあるような気がします。

またそれは、『草枕』の中で漱石が言う「山路を登りながら、こう考えた。／智に働けば角《かど》が立つ。情に棹《さお》させば流される。（……）兎角《とかく》に人の世は住みにくい」というあの有名な一節とも、通じているのかもしれません。

時代と密接にかかわっている心――。マンと漱石はその大きな命題を、ともにみごとに作品の中に描いたのです。

『続・こゝろ』③　秘密箱

Ｆホテルを抱く宮之下は、「天下の嶮《けん》」といわれた要害、箱根の山の中腹あたりにある。谷と尾根とが入り組んだ山肌にリンゴの皮をむいたように往復の路が刻まれて、関東と東海を分かつ交通上の要衝であるけれど、それだけでなく、古くから「箱根七湯」と呼ばれる良泉の宝庫でもあり、山頂近くにも谷底にもポコポコとよい湯が湧《わ》いて多くの湯治客を呼びよせてきた。試みにその七つを言えば、湯本、塔之沢《とうのさわ》、堂ケ島、宮之下、底倉、木賀、葦之湯《あしのゆ》。明治、大正期になるとさらに、小涌谷《こわくだに》、湯の花沢、姥子《うばこ》、強羅、仙石原《せんごくはら》の五つが加わって「箱根十二湯」になった。

温泉が湧くということはそれだけ内側に熱源を持っているということであり、山塊を天から地の奥底まで二つに割れば真っ赤なマグマが噴き出すであろう剣呑さであるが、存外に景観がやわらかいのは、日本特有の湿潤な風土のために山肌が一面、落葉広葉樹と、灌《かん》木《ぼく》と、地衣のような草花に覆われているからであった。それは、「黒い森（シュヴァルツ・ヴァルト）」と呼ばれるドイツの針葉樹林とも、万年雪と氷壁とを抱いた青白いスイスのアルプスともまったく違う山景色であったが、ハンス・カストルプの目には不思議に共通したものを感じさせ、それゆえに今年五月の祖国の敗戦は断腸の思いであったけれど、箱根の自然のおかげでずいぶん痛みが和らげられたのであった。

思わぬ安住の地が得られたことをハンスはよろこび、世話を焼いてくれる人びとを困らせない程度に、ちょっとした暇を見つけては――かつてダヴォスの山中を毎日のように散歩したように――、その山路をせっせと散策した。そのため一カ月もするとかなり細かなケモノ道まで知悉《ちしつ》して、少なくとも五つの湯は自在にへめぐることができるようになった。博物学を好む彼は歩きながら自然の動植物にも注意を払っていたから、その観察眼と足取りはへたな日本人よりよほど達者になっていて、今日、先ほどから連れだって歩いている河出育郎をいたく驚かせているのであった。

「これはキツネノマゴ」「これはアマチャヅル」「これはユキノシタ」。「これは煎《せん》じて飲む」「この葉は天ぷらにする」「これは食べるとあの世へいくキノコ」……。日本通のドイツ人が何か言うたびに、山路にほがらかな笑い声が立った。

やがてちょっとした谷川に至ると、ハンスは大きな石に育郎をいざない、あそこがよい、と言った。それは彼の毎日の散歩コースでのお決まりの休憩椅子であった。

育郎はいざなわれるままに腰をおろした。軽く伸びをして空を見上げると、猿が綱渡りに使うのかと思うようなロープが一本張ってあって、玩具《おもちゃ》じみた箱が一つぶらさがっていた。尾根の畑から谷底の旅館へと、野菜だの卵だのをいれて綱を手繰って渡すのだ。育郎につられてハンスもそのからくりをおもしろそうに眺め、やがてその笑みを顔に貼りつけたまま、

「さて、育郎、あなたのお話を聞きましょうか」

と、言った。

育郎は見返して「ええ」と言い、一瞬、足元に目を落とすと、

「では、『先生』のことを」

と、言った。

*

「あなたはダヴォスのサナトリウムに七年こもっておられたと言われたけれど……」

育郎はそこで言葉を切り、少し沈黙したのち、「私にもそういう場所があったのです」

と、続けた。

「いまから四十年も前になります。高等学校の時分から、私はある男性のお宅に入り浸りになっていて、その人のことを『先生』と呼んでいたのです。学校の先生ではないのですよ。でも素晴らしく知的な人なので、勝手に先生と呼んでいたのです。そこそこには財産があって、働いていない方。家にこもって本ばかり読んでいる。そして、見るからに胸に秘めたものがありました。私は何度も何か隠しているでしょう、教えてくださいと頼みましたが、先生は教えてくれませんでした。若い私はそんな先生が不思議で、魅力的で、都合五年ほども通ったのです。牛込《うしごめ》馬場下横町というところにあった先生のお宅に」

「よくわかります。小さなダヴォスですね」

「そのとおり」

育郎はにっこりした。

「しかし、先生は死んだのです。みずから命を絶ったのです」

ハンスはにわかに真顔になって、

「なぜ？　遺書はあったのですか」

「ええ、私宛のものが。他人には決して明かすなと言って私だけにしたためた、長い長い遺書がありました。それによると、先生は若いころ、さる恋愛事件でKさんという親友を死なせてしまったのです。それ以来、生きる活力を失ったのだそうです。しかし、絶望しながら十年以上も長らえた。自分はいまそのすべてを私に明かす。そして死ぬとありました。その手紙は私の親が危篤で、私が田舎に帰っているときに届きました」

「それで？」

「私は手紙を受け取るなり夜行列車に飛び乗りました。そして、必死で先生のお宅に駆けつけた。でも間にあいませんでした。たどりついたら、扉に『忌中』の紙が貼ってありました。あんまりだと思いました。悲しくて、悲しくて……」

「つらい話だ」

「私はいまだに……、ハンス、先生がなぜ死んだのかよくわからないのです。先生の手紙は懐に収めきれないくらい分厚くて、自叙伝のように詳細なものでした。しかし、どんなに詳細に書いてあっても、先生がなぜ死なねばならなかったのか、釈然としないのです」

「先生ご自身は、何と?」

「殉死すると」

ハンスののどが、ごくりと上下した。

「殉死……? いったい何に殉じるというのです」

「明治という時代の精神に」

育郎は言葉を続けた。

「先生はKさんに死なれて以来ずっと、死んだつもりで生きてきたそうです。死に場所を探していたそうです。そんな折に明治天皇が崩御し、ノギマレスケという名の軍人が後追い自殺をしました。日本には主君に殉じる風習があるのです。旧時代の風習ですが、先生はそれを知って……」

「ご自身も天皇に殉じたというのですか」

「いえ、そうではないのです。そんなに単純ではないのです。それを知って、先生は一つの時代が終わったと感じたそうです。その時代の真ん中を生きてきた自分が、なんの働きもしないままこのまま生きつづけるのは無意味だ、時代遅れだと思ったそうです。そこで、明治の精神に殉死することにしたのだそうです。そう決めた先生は、殉死という言葉に『新しい意義』を盛りこめたと言っているのです。ハンス、わかりますか？『新しい意義』とは何です？」

ハンスは黙ったままだった。そして、立ちあがり、うしろ姿のまましばし不動となり、おもむろにふり返ると、「難しいですね、わからない」と言った。

「わからないが、しかし……、育郎、先生は少なくともあなたに精一杯の告白をしていると思いますよ。けむに巻いているわけではない」

「それは、そうでしょう」

「そうですとも」

「じゃ、私はどうなるのです。私は先生の何なんです」

育郎は駄々っ子のように言った。

「もっとも信頼できる、唯一の相手ではないですか。唯一告白できる相手が見つかって、先生は救われたのではないですか」

ハンスは言った。育郎は反論した。

「いえハンス、私はそういうよい解釈はできないのです。私への告白とひきかえに先生が死んだのなら、先生は私と出会わなければ生きていたわけじゃありませんか。私は先生の死期を早めたことになるじゃありませんか。あなただけに秘密を明かすと言われてもよろこべない。私は大好きな先生を救えなかった。私の気持ちはどうなるのです」

ハンスは育郎の目を見た。

「では、先生はなぜあなたに告白したのだろう」

「それは、たぶん……」

「たぶん？」

「先生は私に何度も訊きました。あなたはまじめですかと。あなたがまじめなら教えると」

「まじめが理由か」

「だったら、まじめとはどういうことです、ハンス。私はわからない。あれから四十年近くたつが、いまだに考えつづけているのです」

「罪な先生だ。いちばん好きな人を、いちばん困らせる」

ハンスは微笑んで空を仰いだ。大きな鳶《とび》が谷のせまい空を一文字に切って飛んでいった。

「育郎、人間とはわからないものですよ、そもそもわからないものなんです。どうやっても覗きこめない深淵がある。それが人間の究極の魅力でもあるのでしょうね。なんの慰めにもなっていないと思いますが」

ハンスはやさしい目をして、育郎の顔を斜めに覗きこんだ。

「そうだ、育郎、逆説のようですが、『教える』ということは、『謎をかける』ということと同義語だったりするらしいですよ。私も昔、ダヴォスの魔法使いたちにずいぶんやられたが、あなたも先生に魔法をかけられたようだ」

さて、登りましょうか、ここを登っていくと旧道に出ます、最近屋台が出ていて、川魚の焼いたのがなかなかうまい、と言った。あとで食べましょう、今日はやっているかしら、と言った。

*

ときおり山人とすれ違い、そのたびに笑顔が舞い、挨拶《あいさつ》が舞った。人気《ひとけ》が絶えるとハンスは半身にふり返り、

「で――、先生が亡くなってから、どうなすったのです」

と、続きを促した。

育郎はいったん立ち止まり、またゆっくり歩を進め、話しはじめた。

「危篤の父親を放ったらかしにして先生のところに走ったので、兄と母が怒って、勘当のようなことになりました。故郷とはそれっきりです。仕事はその後ある大学の非常勤のドイツ語教師として拾ってもらいました。そのかたわら、学生のとき以来のドイツ文学の研

究を続けました。いくつか会社勤めの口もあったのですが、もともと私はあまり現実的な仕事には向いていないのです。それに、そのころは大正デモクラシーと言ってちょっと平和ないい時代でした。本を読む人たちもずいぶん増えて、文学に打ちこめる空気も濃厚だった」

ハンスはうなずき、おのれの行く手に大きく張り出した若い尾花《すすき》を一本、ひょいと抜き取り、「ドイツにおいでになったのは？」と訊いた。

「震災がきっかけです。ご存じでしょうか？　先生が亡くなった十年ほどあとの一九二三年に、大地震が起こったのです。私はそのとき鉄筋コンクリートの校舎に宿直していたので助かったのですが、関東を中心に木造の建物は壊滅的にやられて、その上に火の手が回って十万を超える人びとが死にました。私は夢中で先生の家に走りました。そこには亡くなった先生の奥さんが一人暮らしをされていて、故郷と絶縁した私にとってはただ一人の身内のような人でした。奥さんにとっても私がほとんど唯一の身寄りでした。しかし、先生の家は跡形もなく、奥さんは行方不明のまま見つかりませんでした。私はその後二日間、お宅のまわりを這《は》いずり回り、思い出の品を探しました。そしてようやくこれを――」

ハンスは立ち止まり、見せてくださいという顔をした。育郎は胸ポケットから万年筆を出し、ハンカチでぐりぐりとぬぐい、「少し傷が入ってしまったが、先生の形見です」と渡した。

ハンスは尾花を捨て、眼鏡をずらしてしばらく見つめ、育郎に返した。そして、かたわらの湧水《わきみず》に歩み寄り、しばらく時間をかけて銀のスキットルに受けると、アカマツの倒木に育郎をいざない、まず「どうぞ」と勧めた。「コーホータイシの水と言うらしいですよ」

育郎は笑って、

「弘法大師《こうぼうだいし》」

と、訂正し、

「日本中に伝説があります」と言った。腰かけて一口飲むと、「ダンケ（ありがとう）」と相手に銀の容器を返した。

「私は先生も救えなかった。奥さんも救えなかった。瞼《まぶた》の裏に大量の死と破壊とが焼きついて、何もする気が起こらなくなりました。われながらこれはよくないと思い、あり金をはたいて憧れであったドイツに留学してみることにしたのです。月並みな言葉ですが、心機一転というやつです。ドイツ革命のあとのワイマール時代、一九二四年でした。あなたのお国の伝統と先進性に触れて、私は興奮しました。素晴らしい憲法が作られていて、民主的な試みがなされていました。しかし、ミュンヘンでヒトラーの暴動が起こったりもしていて、あなたが先ほどおっしゃったように不穏なものも感じました。破滅への予兆のようなものを……。私はそれから四年間ベルリンで過ごし、その間にドイツ人の妻と息子と娘を得て、親子四人で帰国しました」

ハンスは、「では私とほぼ同じころに、こちらに戻られたのですね」と言った。

育郎は、「ええ、日本も少し見ない間にずいぶん変わっていました」と言った。「そのあとのことは、あなたも来日されていたからよくご存じですね」

ハンスはうなずき、祖国から逃げてきたアジアの国も、やはり理想の楽園ではなかったことを改めて思った。

「それから――」

育郎は続けた。

「私はふたたび教職につくことはせず、在野で文学研究に打ち込みました。世事とあまりかかわりたくない気持ちは相変わらずで、先ほどお見せしたような翻訳書を出したり、紀行文なぞを書いてみたり。まわりはどんどんいやな世の中になっていきましたが、それを批評するようなことも言いたくない。ハンス、私はいつも身の置き場がなくて、なにか宙づりなのですよ。どこを見ても何を見ても、寄り添っていけない自分がいる」

ハンスは微笑み、

「それはあなたが文学者だからだ。ディレッタント（好事家）。文学的な態度ですよ、それは」

と言った。育郎はかぶりをふって、「そんなよいものではない」と言った。

「そのうちに、外務省からドイツ語や英語の文書の翻訳を手伝ってほしいという話があり、携わることにしました。家族四人の暮らしはきびしいですし、世に必要な仕事だと思った。五月雨《さみだれ》式に渡される文書をひたすら機械的に訳しました。何の数字かわからない統計だとか、どこかの村の気候だとか、農産物だとか、昔話だとか。職人仕事に徹してどんどん訳しました。しかし……、そのときはわからなかったが、いま思えば政治機密にかかわるものも存外含まれていたのかもしれません。もう……、言ってもよいのだろうか、一度だけ、あのゾルゲの事件に関係する文書ではないかと感じたものがありました。もしかすると、ほかにもあったのかもしれない」

ハンスがうなずく上に、育郎は重ねた。

「人は自分が何をしているのかわからぬうちに、罪の末端に連なってしまうことがあるらしい。神ならぬ身には自分のしていることの意味がわからないのです。前に向かっているつもりで後ろ向きに走っていることがある。人を助けているつもりで傷つけていることがある。私はいつも生々しいものとは距離を取りたいと思ってきました。しかし、そうなっていなかった可能性があります。これから自分の愚かさを悔いることが増えていくかもしれません。いやな予感がしていますよ」

ハンスは相手の翳りをおのれの身に引き取って、「私だって」と言った。

「自分の祖国が黒く染まっていくのが嫌だった。見たくありませんでした。だからこの温かな青葉の国にやってきたのだ。しかし、けっきょくは異国にいながらにして祖国の暴走に手を貸していたのかもしれない。あるいは両方の暴走に」

二人は顔を見合わせ、

「そのなれの果てが」

「これだ」

苦笑した。

「しかし」

「山がある」

「花がある」

「湯がある」

「とんぼがいる」

ハンスはヤマボウシの葉に止まった赤とんぼの目玉に向かってぐるぐると「の」の字を書き、あたりまえのようにとらまえた。

育郎は片方の眉を上げて称賛し、またふっと暗い顔になり、

「いや、ハンス、私はもうすでに悔いている」

と、言った。

「何をです」

「息子を死なせてしまった」

ハンスは育郎を見返すと、「戦死ですか」と問い、「私の息子も戦場に行きました。さいわい生きて帰ってきたけれど……」と言うと、手にのせた昆虫をふっと吹いて風の中に離陸させた。

「あなたのせいではない」

育郎は友の瞳を一瞬見返すと、顔を伏せ、「いや」と言い、「私は『行くな』と言わなかった。同じことだ。阻止してもよかったのだ。はがいじめして、どこかに隠してもよかったのだ。しかし、私はやらなかった。『無事で』とも言わなかった。何も言えずに送り出して、みすみす失った。同じことだ。おろかなことだ」

「育郎、自分を責めてはいけない」

「いや、そうなのです。あるいは、先生を失ったのも同じことなのではないか。私は――」

育郎は少し言葉に詰まり、

「果たしてまじめだったろうか」

ハンスは「さて」と腰をあげ、「登りながら考えましょう」と言って、尻についた木くずを払った。

「ことほどさように、人の世は生きにくい」

＊

灌木の細道を上へ下へ、右へ左へ、勝手知ったるドイツ人は縦横に進路を取り、日本人はそのあとへ従った。そして、唐突に空間が開けたと思ったら旧道の屋台の前で、「ほら」と示す先を見やれば、イワナが炭火に炙《あぶ》られて香ばしい煙をあげている。「われわれをお待ちかねだ」

ハンスは頰の赤いおさげの少女に札一枚を代として払った。少女は赤い頰をさらに赤くして、釣銭の硬貨を二枚返した。

二人は串刺《くしざ》しのイワナにかぶりつき、「うまい」と言った。

「なぜ人間は腹が減るのか」

「謎である」

吹き出した。

「フロイライン（むすめさん）、魚をもう一つ。それと団子もいただこう」

健啖家《けんたんか》のハンスは二匹目のイワナをたいらげ、焼いた団子をほおばりながら、傍らの台にのっている小さな寄木細工の箱を手に取った。少女は「秘密箱」と言い、「開かないだら」とくすくす笑った。ハンスは先ほどの釣銭でそれを購《あがな》い、歩き出した。

「人の心は、謎の箱」

眉間《みけん》にしわを寄せ、どうやるのだ、とつぶやきながら複雑な柄の木肌を撫《な》でまわしていたら、かくん、と小さな音をたてていきなり口が開いた。

「解けることもある」

ハンスは呵々大笑《かかたいしょう》するとうしろ手になり、一本の木の下で立ち止まると、ほのかに赤みのあるわくら葉を見て、

「これは、ヤマザクラ」

と、言った。

「育郎、先生は殉死するとおっしゃったのでしたね」

「ええ」

「日本人は桜が好きだ」

「息子も飛行機で敵艦に突っ込みました」

ハンスは片手で額のあたりを少し覆ったのち、育郎に向き直った。

「知っていますか、育郎。ドイツ人は花見はしないのです。なぜだかわかりますか」

育郎が黙したまま見つめると、ハンスはふうっと微笑んだ。

「散らないものを美しいと思うからです」

ホテルの裏までまた山路を行きましょう、とハンスは育郎の前に立った。耳を澄ますと、風に乗って強く、弱く、音楽のようなものが聞こえてきた。進駐軍のラジオらしかった。

「ここにいると、下界のことが夢のようだ」

「あなたも私も山上生活者の天分がある」

「でも、降りていかねば」

「下は焦土です」

「ええ」

顔を見合わせ、うなずいた。

ハンスが木立ちの切れ間を指さした。Ｆホテルの特徴ある擬洋風の破風《はふ》が覗いていた。

「あなたに会えてよかった」

育郎が言った。

「似た者どうし」

「凡人どうし」

吹き出した。

ハンスは寄木細工の小箱を「あげます」、と育郎に渡した。

「アウフ・ヴィーダーゼーン（さようなら）、育郎」

「アウフ・ヴィーダーゼーン（さようなら）、ハンス」

「手紙をください」

「あなたも」

第三章　「魔の山（イニシエーション）」の力

モラトリアムのすすめ

私はときおり、「いまの大学はダヴォスにならなければいけない」と言うことがあります。現在の「ダヴォス会議」のダヴォスではありません。かつての「魔の山」のダヴォスです。というのも、序章で述べたように、かつてのダヴォスは失われて、いまやこの地球は隅々まで武器なき戦場になってしまい、若い人が自分の心についてとめどもなく探究したり、興味の赴くままに知的関心を追ってみたりする場所がどこにもなくなってしまったからです。だからこそ大学を魔の山に——と、夢見るのです。

しかし、私がそのように言うと、「そんな悠長なことを言ってもらっては困ります」と反論されたりします。「この時代、のんびりしていたら負けてしまうのです。うかうかしている暇はないのです。この世は戦場です。そこから脱落しない人材を作るために、大学があるのじゃないですか」と。私のほうはだからこそ言っているのに、話がなかなか嚙みあいません。

のんびりしていたら負ける？　うかうかしている暇はない？　そうでしょうか？　ああでもない、こうでもないと迷う青春時代こそ、人生でもっとも豊かな時代だと私は思うのですが――。

そうです。『魔の山』と『こころ』を私が愛するのは、これらがともに一種の「モラトリアム」というものについて書いた小説だからです。

ハンスも「私」も学生生活が終わろうとしているのに一人の人間としての生き方が見つけられずにいる青年で、どちらも迷いながらようやく自分の人生を歩みはじめます。その姿にはいまも昔も変わらぬ若さゆえの痛み、あるいはせつないいらだちのようなものがあって、共感を誘われるのです。

モラトリアムと言うと、優柔不断とか、怠惰とか、決断回避とか、とかくマイナスイメージでとらえられがちですが、そうとばかりも言えないと思います。たしかに社会的に見れば、無職であり、浪人であり、ニートです。現実的な意味ではあまりりっぱではないかもしれません。本人も肩身が狭いでしょうし、無駄と言えば無駄でもあります。見方を変えれば、ひきこもりの一種とすら言えるかもしれません。しかし、人生のある時期に生産性とも合理性とも無縁の世界にどっぷりとひたることは無意味ではないのではないでしょうか。なぜならば、それは心の成長期であり、充電期間でもあるからです。すぐには効かないかもしれませんが、長い目で見れば必ずその人の人生の栄養になります。逆に言えば、そのような期間を持たないままいきなり実戦の場に出たら、あっという間に自分の中の蓄積を使い果たし、消耗して、身も心もカサカサになってしまうのではないでしょうか。

では、そんなハンスと「私」という二人はどんな青年なのでしょうか。

まず、ハンスです。

彼はハンブルクの富裕な貿易商の子で、早くに両親に死なれるという不幸はあったものの、金銭的には不自由なくおっとりと育った青年です。いくつか単位を落としたりもしていますが、大学の成績もそう悪くはありません。しかし、たいした苦労もなくそこまで来てしまっただけにハングリー精神がなく、がむしゃらな出世欲もなく、何をすればいいのかわかりません。そんな折も折、たまたま人に船の設計技師になるのがよいのではないかと言われます。それを聞いた彼は「それがいい、自分にぴったりだ」とちゃっかり便乗します。かくして造船会社に就職が決まりホッとするのですが、やはり心のどこかに納得できていないものがあるのです。ほんとにそれでいいのかという思いが胸をかすめるのです。

なぜなら、彼には自分が一体何になりたいと思っているのか、それが長い間解《わか》らなかったのであって、最上級生になってもそこが依然としてはっきりせず、やっと進路が決ってからも（「決めた」といっては言いすぎになるかもしれないくらいなのだが）もう少し別の決め方もありそうな気がしていたのである。（『トーマス・マン全集Ⅲ』）

この感じ、覚えのある方が多いのではないでしょうか？

そのような満ち足りぬ思いが心の底にわだかまっていたからこそ、彼はたまたまダヴォスのサナトリウムに行って結核が見つかったとき、半分ラッキー！　とそこに住みついてしまうのです。

おもしろいのは、ダヴォスの、みずからも結核を患ったことのある医師のベーレンスが新参者のハンスを一瞥《いちべつ》して、あなたはここの患者になる才能がある、と喝破することです。

ベーレンスには、ハンスの中に下界の生活に対する不満があって、それとは違う生き方を望んでいることが一目でわかったのです。

これに対していとこのヨーアヒムは現実的な軍人で、山の上にいるのはあくまでも病気治療のためです。治ったら即座に下山するのだと、それしか考えていません。だからベーレンスは、ヨーアヒムのことを、逃亡ばかり考えていて、これっぽっちも天分がない、と評します。『魔の山』におけるハンスとヨーアヒムのキャラクターは対照的です。

しかし、私はヨーアヒムはまじめで、ハンスは怠け者だなどとは思わないのです。というのも、ダヴォスの山上生活の虜《とりこ》になるハンスの志向は怠惰というよりももっと深みのある知的探究心のようなものであり、それはこの世を支配している価値観以外の自分だけの価値観を探すために、とても重要なことではないかと感じるからです。

マンもまちがいなくその効用を考えていたと思います。なぜなら、その後ヨーアヒムには、療養生活にしびれを切らして山を降り、軍隊に入隊したものの、急速に病気が悪化して死んでしまうという道を歩ませているからです。これに比してハンスは最後までしぶとく生き残ります。これは、いくら意志堅固でも選択肢を持たない者は脆弱であり、軟弱なようでも選択肢を持っている者は頑強だということを象徴しているのではないでしょうか。一つのことをつきつめすぎてボキリと折れてしまう原理主義的なあやうさを警告しているような気もします。

卒業証書をもらっても

では、『こころ』の「私」はどうでしょうか。

彼もハンスと同じく旧家の息子で、東京帝国大学で学ぶほどの優秀な頭脳を持っています。そして、ハンスと同じようにこれという目標がなく、何をすべきなのかわかりません。元がいいのですから、あまり深く考えずにせっせと就活すれば、実業家とか、銀行家とか、官僚とか、彼の両親が望むような〝相当の地位〟につけそうな感じもします。しかし、彼自身はいったいそんなものになんの意味があるのかと、まったく気のりがしないのです。

けっきょく将来への展望もつかめず、仕事も決まらないまま卒業式を迎えます。そのときの記述がこれです。

私は式が済むとすぐ帰って裸体《はだか》になった。下宿の二階の窓をあけて、遠眼鏡のようにぐるぐる巻いた卒業証書の穴から、見える丈《だけ》の世の中を見渡した。それから其卒業証書を机の上に放り出した。そうして大の字なりになって、室《へや》の真中に寐《ね》そべった。私は寐ながら自分の過去を顧みた。又自分の未来を想像した。すると其間に立って一区切を付けている此卒業証書なるものが、意味のあるような、又意味のないような変な紙に思われた。

（『漱石全集　第九巻』）

卒業証書を丸めて望遠鏡のように覗いてみる。そして、紙クズか何かのように放り出す。これもまたよくわかる気持ちです。

そんな彼ですから、世にいう出世コースからはまるではずれた先生という人が、なんともいえず興味深く見えるのです。

先生そのひとも、帝国大学の出身です。しかし、働きもせず、なんの活動もせず、家で本だけ読んでぶらぶらしています。見たところ親戚《しんせき》も友人もいなさそうです。俗世とはかかわりを持とうとしません。いわゆるドロップアウト組です。だからこそ「私」は、そうか、こういう人もいるのだ、こういう生き方もあるのだと目からウロコが落ちるのです。

「大学出だからといって何ほどのこともない」と斜《はす》に構えている先生の姿は、息子が大学を卒業したことを単純に喜ぶ両親に比して、格段にカッコよく見えたのでしょう。

「卒業が出来てまあ結構だ」

父は此言葉を何遍も繰り返した。私は心のうちで此父の喜びと、卒業式のあった晩先生の家《うち》の食卓で、「御目出《おめで》とう」と云われた時の先生の顔付とを比較した。私には口で祝ってくれながら、腹の底でけなしている先生の方が、それ程にもないものを珍《めず》らしそうに嬉《うれ》しがる父よりも、却《かえ》って高尚に見えた。私は仕舞に父の無知から出る田舎臭い所に不快を感じ出した。

「大学位卒業したって、それ程結構でもありません。卒業するものは毎年何百人だってあります」

私は遂に斯《こ》んな口の利きようをした。すると父が変な顔をした。
（『漱石全集　第九巻』）

ちなみに漱石自身も帝国大学出身で、教鞭《きようべん》もとりましたが、こんな型どおりの場所にはなんの意味もないとして辞し、民間にみずからの「魔の山」を持ちました。有名な「漱石山房」です。森田草平や鈴木三重吉、寺田寅彦《とらひこ》などの弟子たちが面会日のたびに集まり、えんえんと議論を続けました。『吾輩《わがはい》は猫である』の中にその雰囲気が出てきますが、おそらく、そこで繰り広げられた議論は現実にはあまり役に立たないものだったのではないでしょうか。しかし、だからこそ楽しくて、ユニークで、奥深かったに違いありません。

この私にも、若いころ「魔の山」のような場所がありました。私と同じような悩みを抱えた「在日」の学生たちからなるサークルです。私と同じようにみずからのアイデンティティの所在に悩み、日本と韓国の間で引き裂かれている若者たちで、ときおり、侃々諤々《かんかんがくがく》の議論をいつ果てるともなく続けていました。そこに所属したことで、私に何か運命が開けたわけでもありません。しかし、私はそこで生涯の友を得ましたし、多くのことを知りました。いろいろなことを考えました。私にとってはかけがえのないダヴォス的な場所だったのです。

人生に目標が見つからなくて立ち往生しているとき、人はその状態が有意義なものであるとは思えないでしょう。むしろ時間を無駄にしている気がしてイライラするでしょう。しかし、あとでふり返ってみれば必ず何かを得ているはずです。そのときは無駄に見えても、最終的には無駄ではないのです。

「先生」探し

『魔の山』と『こころ』の大きな共通点としてもう一つあげたいのは、この二つがいずれも「先生探し」の書であるということです。

『こころ』を読んだ感想として、こんな声をよく耳にします。

「あの『先生』は、どうして『先生』なの？」

たしかにそれは『こころ』を初めて読んだときに感じる素朴な疑問です。先生は大学教授でもなく、高校や中学の教師でもありませんでした。それどころか、職もなく、地位もなく、親の遺産だけで食べている「高等遊民」です。

だからこそ、田舎にいる「私」の両親も怪訝《けげん》に思ってこう聞きます。

「其先生は何をしているのかい」と父が聞いた。
「何にもして居ないんです」と私が答えた。（……）
「何もしていないと云うのは、また何《ど》ういう訳かね。御前がそれ程尊敬する位な人なら何か遣《や》っていそうなものだがね」

父は斯ういって、私を諷《ふう》した。父の考えでは、役に立つものは世の中へ出てみんな相当の地位を得て働らいている。必竟やくざだから遊んでいるのだと結論しているらしかった。

（『漱石全集　第九巻』）

働いていない者はやくざ者だと決めつけるあたりがひどいのですが、このように考える人は少なからずいるでしょう。しかし「私」にとってはそうではありません。では、なぜそこまで先生に入れこむのかと言えば、「先生」としか呼びようのない何かがその人にあるからです。凡百の教師にはない、たまらない魅力があるのです。

私には学校の講義よりも先生の談話の方が有益なのであった。教授の意見よりも先生の思想の方が有難いのであった。とどの詰《つま》りをいえば、教壇に立って私を指導して呉《く》れる偉い人々よりも只《ただ》独りを守って多くを語らない先生の方が偉く見えたのであった。

（『漱石全集　第九巻』）

ちなみに、「高等遊民」は、漱石の作品にしばしば現れるキーワードですが、なぜこのような人種を漱石がくりかえし登場させたかというと、純粋な知性というものは金儲《かねもう》けとか出世とかといったものとは必ず切り離されていなければならないという考え方を持っていたからです。どんなにすぐれた研究も学問も、世俗的な動機に結びついたとたん、うす汚れて地に堕ちてしまいます。しかし、そこにこだわって霞《かすみ》を食って生きていくわけにはいきませんから、大富豪でない人はみなあきらめてなんらかの職につくのです。現実を度外視して書斎にこもっていたいというのは漱石自身の見果てぬ夢であり、だからこそせめて作品の中に、そのような人間たちをしつこく登場させたのではないでしょうか。

大学では得られぬものを求めて、「先生」ならざる「先生」を求めたという点では、『魔の山』のハンスも同じです。彼もまた学校生活ではこれという師にめぐりあえなかったに違いなく、ゆえに、サナトリウムにたむろする奇妙な知識人たちにものすごく惹《ひ》かれるのです。

「私」とハンスが先生に恵まれなかったのは、大学においてだけではありません。家庭においてもそうでした。「私」の父親は先ほど言ったように世間並みの価値観に染まっている田舎者であり、薫陶を与えられるような存在ではありません。ハンスのほうは両親に早く死に別れ、のちに大叔父が後見人になるのですが、この人がまた「私」の父親によく似た俗物でした。

つまり、二つの小説ともに、外においては教育機関が形骸《けいがい》化していて、師がいない。内においても家父長制的なものが崩壊しかかっていて、師がいない。そんな「師なき時代」

の先生探しの物語でもあるのです。

「秘義伝授《イニシエーション》」というもの

この私も大学と呼ばれるところで「先生」と呼ばれる仕事を三十年近くしていますので、教育についてしばしば考えるのですが、その要諦《ようてい》は何かと言えば——、つまるところ「イニシエーション」なのではないかと思ったりします。

イニシエーションとは、序章で引いたマンの言葉にもあったように、「秘義伝授」のことです。オウム真理教の事件で有名になった言葉でもありますから、いわくありげな響きがありますが、別にあやしいものではありません。要するに、青少年が成人になるために人生の奥深くに秘められた教えを授かることを意味します。

人は青春時代のあるときに人生の謎のようなものを知り、それを入り口として大人の世界に仲間入りします。その先導役を務めるのが「先生」です。数学や科学を教えることばかりが教育ではないのです。

『こころ』の場合は、先生が「私」におのれの秘密を洗いざらい教えることがイニシエーションになりました。親友のKが自殺したあと、先生は自分は生きる資格のない人間だ、社会で活躍する資格のない人間だと気力を失います。恋敵が消えたためお嬢さんと晴れて夫婦になりましたが、心の内は寂莫《せきばく》たる思いに満ちていた。彼女のほうも何か隠しごとをされていることを察しますが、夫は何も言いません。けっきょく彼らは「仮面夫婦」のように長い年月を過ごします。そのように誰にも秘して明かさなかった事実を、先生は「私」にのみ、長い手紙にしたため、告白するのです。

先生がその決心をしたのはなぜでしょう。それは、「私」が人生の真摯《しんし》な生徒として、本気で教えを求めてきたからです。「私」は折に触れ機会に触れ、先生の胸の中にあるものを教えてほしい、自分は人生の肝のようなものが知りたいのだと先生に迫りました。先生はその真剣さに打たれたのです。ある意味、相手の情熱に根負けしたのです。

先生は言います。

私は暗い人世の影を遠慮なくあなたの頭の上に投げかけて上《あげ》ます。然《しか》し恐れては不可《いけま》せん。暗いものを凝《じっ》と見詰めて、その中から貴方《あなた》の参考になるものを御攫みなさい。

（『漱石全集　第九巻』）

その理由は、「私」が自分の生き血を啜《すす》るような勢いで迫ってきたからだと先生は言います。

あなたは物足なそうな顔をちょいちょい私に見せた。其極《そのきょく》あなたは私の過去を絵巻物のように、あなたの前に展開して呉れと逼《せま》った。私は其時心のうちで、始めて貴方を尊敬した。あなたが無遠慮に私の腹の中から、或《ある》生きたものを捕《つら》まえようという決心を見せたからです。私の心臓を立ち割って、温かく流れる血潮を啜ろうとしたからです。（……）私は今自分で自分の心臓を破って、其血をあなたの顔に浴せかけようとしているのです。私の鼓動が停《とま》った時、あなたの胸に新らしい命が宿る事が出来るなら満足です。

（『漱石全集　第九巻』）

腹、心臓、血潮、鼓動、命……、おどろおどろしい表現が連なっていますが、じっさい、先生の告白はそのくらい衝撃的なものでした。それは「私」の精神をいちじるしく揺さぶったでしょう。そして、おそらくこの一事によって「私」は大きく変わったと思います。人間の心の闇のようなものに触れて、一足飛びに大人になったと思います。このような経験を「秘義伝授」と言うのです。

『魔の山』のハンスも、山上生活者たちとの交流の中でさまざまなイニシエーションを受け、成長していきました。

たとえば、ハンスに陰に陽に影響を及ぼしたセテムブリーニとナフタは思想上の対立から、物語の終盤あたりで決闘します。二人は一面の雪の中、拳銃《けんじゅう》を持って向かいあうのですが、人間愛の礼賛者であるセテムブリーニはわざと弾をはずして相手を撃ちませんでした。すると、悪魔的な完全主義者ナフタは相手の中途半端なヒューマニズムをあざ笑い、自分の頭に向けて一息に引き金を引くのです。その瞬間、白銀の世界が血飛沫《ちしぶき》に染まり、立会人のハンスはこめかみに赤黒い穴のあいた、ナフタの直視に耐えがたい顔の惨状を目のあたりにします。

おそらくその光景はハンスの脳裏に焼きつき、生涯忘れられぬ記憶となったでしょう。彼の人生に与えた影響の大きさは想像にかたくありません。

また、彼が愛するロシア人女性クラウディア・ショーシャはあるときサナトリウムを出、富豪のオランダ人、ペーペルコルンを新しい愛人としてともなって舞い戻ってくるのですが、その彼もやがて猛毒をみずからに注射して死にます。その死にはクラウディアとハンスの関係もからんでいたようで、冷たくなった骸《むくろ》と対面したハンスは、クラウディアから「彼ハ棄権シタノデス」という意味深長なフランス語をささやかれます。これもまた未熟な青年にとっては小さからぬ経験になったことでしょう。

そして、ハンスにとって人生最大のイニシエーションとなったのは、第一次世界大戦への従軍です。雨あられと降る弾丸と硝煙の臭いと耳をつんざく爆発音は、彼にとって苛酷すぎる洗礼となりました。

彼は倒れた。いや、身を伏せたのだ。地獄の弾丸が、巨大な爆裂弾が、無気味な円錐《えんすい》形《けい》の塊が、悪魔のような唸《うな》り声《ごえ》をたてながら飛んできたからだ。彼は顔を冷たい泥土に埋め、足を開き、両足先をねじり、踵《かかと》を地につけて伏せていた。野生化した科学の産物が最も恐ろしい力を秘めて飛来し、彼の斜め前方三十フィートのところに、あたかも悪魔の化身のように深く突き刺さり、地中で凄《すさ》まじい勢いで炸裂《さくれつ》し、土塊《つちくれ》と火と鉄と千切れた人体とを噴水のように家の高さほどの空中へと跳ね上げた。そこにはふたりの兵士が身を伏せていた。――ふたりは友人で、危険を感じてとっさに並んで伏せたのだった。だが、今や彼らはもうごっちゃになって、消え失せていたのである。

ああ、私たちは影の安全な場所から眺めているのが恥ずかしい。もう引っこもう。そして物語はやめにする。だが、私たちの知人ハンス・カストルプはやられたのか。彼自身一瞬やられたと思った。大きな土塊が脛骨《けいこつ》に当った。かなり痛かったが、そんなことは問題ではない。彼は立ち上がり、泥だらけの重い靴を引きずり、跛《びっこ》をひきながら再び蹌踉《そうろう》として前進を続けて、我知らず口ずさんだ。

枝はそよぎぬ、
いざなう如《ごと》く――

かくして、混乱の中、雨の中、薄闇の中で、彼の姿は私たちの視野から消え失せていったのである。

さようなら、ハンス・カストルプ、人生の誠実な厄介息子！

（『トーマス・マン全集Ⅲ』）

では、ハンス青年の横面を思いきり張り、このすさまじいイニシエーションを授けた「先生」は誰だったのでしょう？　それは、この物語を書き、この場面をしつらえ、そこに彼を放りこんだ、ほかならぬ作者トーマス・マンだったと私は思っています。

私はときおり考えるのです。もし、『こころ』の「私」が先生と知りあわず、そのままどこかの会社に就職などしていたら、彼は大人になりきれていなかっただろうと。『魔の山』のハンスも、大学を卒業してすぐにハンブルクで船の設計技師になっていたら、泥だらけになって塹壕《ざんごう》を這いずるたくましいハンス・カストルプにはなっていなかったでしょう。いずれの青年もそれぞれの先生から受けたイニシエーションによって、悩みながら大きく成長していったのです。

脱グローバリズム

最後にもう一つ、『魔の山』と『こころ』が描いているモラトリアム生活の効用をあげたいと思います。それは――、脱グローバリズムです。

私がそう思う理由は二つあって、一つはそこが「時間のない場所」だということです。別の言い方をすれば、「アナログ的な時間に満ちた場所」と言ってもいいでしょう。いま、この地球は隅々までデジタルの時間に覆い尽くされていますので、そこはまことに別世界と言えるわけです。

『魔の山』の中で、マンはしばしば「時の小説」という言葉を用いたり、時間についての蘊蓄《うんちく》をとうとうと述べたりしています。たとえば充実した時間はあっという間に過ぎ、漫然と暇をかこつ時間は長く感じます。しかし、あとでふり返れば充実した時間は密度が濃いぶんだけ長く、暇な時間は密度がないぶんだけ短く感じる。ことほどさように時間とは伸縮自在なものである、とマンは言います。そんな不思議な、下界の理屈とはまったく違う時間が、ダヴォスのサナトリウムにはたくさん詰まっていたのです。

それを象徴的に表すように、ハンスはカレンダーを持っていません。ですから山の上で暮らしはじめてしばらくすると、今日が何日なのかわからなくなります。これによって浦島太郎的に下界の暮らしのことは忘れてしまいます。果ては時計をポケットにしまいこみ、時の過ぎゆくままにしようとします。もはや完全に時間のない世界の住人です。

私はサナトリウムの人びとの奇妙な生活を見ていると、時間の止まったタイム・カプセルか、時空を超えて旅する宇宙船のようなものを連想したりします。

このような山上生活に対して、いまのわれわれを取り囲んでいるグローバリズムの時間は分刻み、秒刻みです。世界中の時差はなくなり、タイムラグはゼロになりました。時差がなくなれば距離がなくなるわけですから、空間概念もほとんど無化されました。その結果、この地球はすべて地続きの、陰影のない同一平面として存在するものになってしまったのです。

インターネットやSNSをはじめとする情報技術は、この世界のありとあらゆる経済活動を飛躍的に発展させました。しかし、そのおかげでわれわれは二十四時間戦う戦士になることを要求され、心が休まる暇がなくなりました。「忙しい」という字は「心」が「亡ぶ」と書きます。「忙殺」という不吉な言葉もあります。心の病と時間には密接な関係があるのです。

時間があれば心に余裕ができて、ああかこうかと思考実験をすることができます。時間をかければいいというものでもありませんが、余裕があればおのずと心の中に代替案《オルタナテイヴ》が構築されます。いまはそんな悠長なことをやっているヒマはないとして、若者たちにも時間を与えずせき立てます。しかしそれは、仮免許を与えないでいきなり一般道で運転させるようなものであり、大事故につながる恐れのある危険なことではないでしょうか。予行演習の時間は、カウントされない特別な時間として、人生の中に別にとる必要があるような気がします。

そしてもう一つ、山の上の生活が脱グローバリズムである理由は、そこに数値化したり定式化したりできない何ものかがあることです。

いまの社会では、政治も経済も科学技術も文化も、いつでも誰でもアクセス可能でなければなりません。みんなにわかるように透明化されていなければならないのです。これが極度に進んでいくと、国籍も、年齢も、性別も、人種も、地球上のすべての要素が平準化され、並列の横並びになります。ものごとは高低差があるから流れるのであり、エネルギーの粗密があるから運動が起こるのです。すべてが平衡状態になったら、流れがなくなって、最終的にはよどんで腐るだけです。その意味で、数値化と定式化が及ばない場所の存在は貴重なのです。

人間の秘密をすべて暴き、白日のもとにさらそうとするのがグローバリゼーションであるとすれば、説明不能の謎に満ちた山上の世界には、人間のある種の尊厳があると言ってもいいかもしれません。だからこそ、私は大学は「魔の山」たれと言いたいのです。

即戦力とは、そんなに素晴らしいものでしょうか。

利益を生まないものに、価値はないのでしょうか。

無駄減らしは、それほどいいことでしょうか。

実生活とは無縁の議論にも、意味があるのではないでしょうか。

また、別の言い方をすれば、『魔の山』に描かれたあのダヴォスのサナトリウムは、象徴的な意味で世界政治の演習場、あるいはさまざまな思想が議論される実験場であったような気もするのです。つまり、世界中のありとあらゆる人種が集まり、おのおのの歴史、その中に堆積《たいせき》された思想、伝統、文化、またおのおのの宗教的な立場から、思うさま意見をぶつけあう場所です。しかし、そこはあくまでも世俗からは隔離されたシミュレーション・ルームですから、実害はないのです。そこに大きな意味があったような気がします。

いまはそのような非武装地帯はありません。この地球はすべてべたりと一続きで、どこへ行っても戦場です。さしたる議論もなされず、予行演習も思考実験もなされぬまま、いきなりワールド・ワイド・バトルになるのです。それは、私たちに想像以上のストレスを課すことにならないでしょうか。

『続・こゝろ』④　洗礼盤

　少年は祖父の部屋が好きだった。冷たく澄んだ空気の中に赤レンガの建造物が立ち並ぶ港湾都市ハンブルクの「カストルプ父子商会」のいちばん北の奥にその部屋はあって、第二次世界大戦末期の激しい空爆のとき、社屋はあらかた崩壊したのに、奇跡的にその一角だけが残ったのだった。それゆえに、建て直してから十年しかたたぬしらじらしい建物のうちで、その部屋だけが懐かしく煤《すす》ぼけていて、三百年の湿気と黴《かび》と葉巻の匂いとがしみ込んでいて、なんともいえず慕わしいのだった。

　少年はその部屋の主である祖父そのひとが好きだった。少年の父親は大戦の三年後に二十六歳の若さで死んだ。一族の遺伝的体質でもともと胸が弱かったのに、慣れぬ戦場で悪化させ、せっかく生きて故国に戻れたのに回復することはなかった。母親はその前年、彼が生まれたときに難産でひきかえに亡くなったから、彼は二歳にもならぬうちにみなし子になったわけだ。

そんな孫をふびんがって、祖父ハンス・カストルプはひどくかわいがった。彼自身もまた幼いときに両親を失い、祖父に育てられた記憶があるからだった。

少年の目に映る祖父はいつも黒服で、真っ白な高いカラーのシャツを着ていて、ときには独特の形をした襟飾りをつけていた。長身の痩軀で銀髪が美しく、その姿は壁にかかっている曾々祖父——すなわちハンス・カストルプの祖父——にそっくりだった。

＊

「おじいさま？」

いま少年が小さくノックして部屋に入っていくと、祖父はいつに変わらぬ黒服姿で手紙を読んでおり、孫の姿を認めるとずらしていた眼鏡を正し、相好を崩した。

「こちらへおいで」

と、机にさし招き、懐かしい友達から葉書が来たのだよと言った。

「日本からだ。おまえのおばあさまのふるさと。このおじいさまが昔にいたところ」

「何て書いてあるの」

「ここへお座り」

老人はかたわらのゴブラン織りのスツールに孫を腰かけさせると、また眼鏡を少しずらして読みあげた。

「親愛なるハンス、お変わりなくお過ごしになっていらっしゃいますか。こちらはいま春爛漫《らんまん》の四月です。桜の花が世の中を塗り替えるように咲いています。それと同じように、あなたが去ったとき黒焦げの焼け野原だった国土も、何もかも新ぴかに塗り替えられて、老人の私には目が痛いくらいです。あれから十余年。最近の日本では『もはや戦後ではない』という言葉をよく見聞きします。あなたの国と私の国がひどい負け方をしたあの戦争。あの記憶は過去のものになったのだそうです。もう忘れねばならないそうです。私はいっこうにそんな気がしないのに……。

あれから私たちはどこをどう歩き、いま、どこに来たのでしょう。そんなことを、最近しきりに考えます。あなたと歩いたあの箱根の山路。あれは昨日のことではなかったか。私はまた置き去りにされているのでしょうか。それともまた知らず知らずのうちに、とんでもないところに運ばれてきているのでしょうか。そんなことを、最近しきりに考えます。きっと年のせいですね。

またお便りします。どうかお元気で。先生の謎はまだわかりません。育郎より」

半ズボンの両膝《りょうひざ》を揃《そろ》え、少し首を傾けて聞いていた少年は、頭を直すと「だあれ」と言った。

「おじいさまのだいじな人さ」

「ふうん」

「とてもまじめな人なのだよ」

少年は軽い音を立てて固い織物の椅子を滑り降りると、両手で祖父の手を包んで手のひらごと絵葉書をひっくり返した。その表には運河のような川べりを桃色に縁取る群桜の景色が拡がっており、少年はわあと言った。

そして、ここへ来た用事をやっと思い出した、という顔つきになって「ね、おじいさま」と、その手を揺すった。

「あれを見せてください」

背後の暗がりに鎮まっている飾り戸棚を一瞬見やり、輝くような瞳で「ビッテ（おねがい）」、と懇願した。

「洗礼盤を――」

*

ガラス扉の中ほどの穴に細い銀色のキーを差しこんで回すと、古い開き戸は小さなきしみ音をたてて、おのずから左右に開いた。老人はその中から両手で銀の盤をうやうやしく取り出し、続いてその大きな銀の受け皿を取り出し、マホガニーの卓に並べて置いた。いつもの儀式として孫がホーッという感嘆ともため息ともつかぬ声をもらすと、祖父は満足げな微笑みで応じ、まず皿を捧げ持つとゆっくりと裏返し、「ご覧」と言った。
「ご覧、ここにアインス（一つ）、ツヴァイ（二つ）、ドライ（三つ）……、いくつかな？
そうだ九つ、私たちのご先祖様の名前が刻まれているよ。まずいちばん下。おまえだよ、
一九四七年、ヒッペ・カストルプ。そして、一九二二年、トマス・カストルプ、おまえの
お父さまだね。そして、一八八五年、ハンス・カストルプ。そうだ、このわしだ」
ハンスは彫り物の文字の一つひとつを指輪をはめた指でなぞり、これはおおおじいさま、
これはおお、おおおじいさま、これはおお、おお、おおおじいさま……と、いちいちの名
前と年号を述べていった。少年は祖父の発する、「おお――おお――おお」という響きに、
遠い時間の彼方《かなた》を夢見るように耳を澄ました。そして、目が合うと二人はたがいに微笑み
あった。
続いて老人はゆっくりと皿を表に返し、その上に盤をのせ、中を孫に覗かせた。
「おまえの小さなつむりをこの上に差し出して、その上にやさしい牧師様が聖水をおかけ
になって、その水がこの中へ流れこんだのだ。その前にはおまえのお父さまのつむりをこ
の上に差し出して、その上にやさしい牧師様が聖水をおかけになって、その水がこの中に

流れこんだのだ。その前にはこのおじいさまのつむりを……」

歌うような囁《ささや》くようなおのれの声をどこからか聞こえてくる音楽のように思いながら、ハンスは洗礼盤の中を見た。すると、天窓からさしこむ光に照らされてチョウチョのように左右対称に引き伸ばされたおのれの顔が映っていて、右の頰に横一文字の傷跡があった。黒い服の老人の……、頰に傷のある……、誰かによく似たその相貌。

——黒焦げの焼け野原？ 戦争から十年余り……？ もはや戦後でない？ いや私にとっての戦争は一九一七年のあのベルギーの村。そうだ、私は決闘したのだ、ミュンヘンの講堂で雷鳴がとどろくような演説をしたあの聖マックスと同じように。

——壊滅した私たちの部隊にイギリス兵がやってきて、銃剣で一面の死体を突き刺し、生存者がいないか改めてまわったのだ。私は塹壕に横たわり、おのれの上に仲間の死体をのせ、息をひそめて運命のときを待った。やがて男たちは私の頭上で足を止め、銃剣を上の遺体に思いきり突き刺した。その切っ先の一ミリが私の腹をもちくりと刺した。そして彼はさらに死体の頭の下に見えているカーキ色の布切れを睨《にら》みつけ——そうだ、その布に開いていた穴から私の右目がまさに覗いていたのだ——、ご丁寧にもう一度銃剣を思いきりグサリと刺した。刃は私の右頬を裂き、地面に突き立った。恐ろしい決闘だった。私は恐怖のあまり気を失った。そのとき私は叫び声をあげなかったか？　わが身の一部を切り裂かれながら身じろぎもしなかった、か？　いや、わからない、気がついたら私は農家の馬小屋に寝かされていたのだ。親切な農夫が助けてくれたのだ。いや彼とて戦場に金品を漁《あさ》りにきた民衆の一人だったけれど。

——死者の息の根を、さらに止めてまわる？　恐ろしいことだ。それが神の子のなす業か？　いや、そうなのだ、いざという間際になれば人間はなんでもやる。そういう自分だって鋭い刃でイギリス人の胸を刺したではないか。フランス人の胸を撃ち抜いたではないか。二人？　三人？　四人？　いやもっとか？　だからこそ、この頬傷の私はいまも生きてここにあるのじゃないか。三千人の志願兵がいた第五三三部隊。あそこで生き残ったのは、私ただ一人。

＊

「おじいさま？」

ハッと心づくと、目の前に不審げな孫の瞳があった。明らかにヨーロッパ人とは違う重い瞼。しかしきれいに澄んだ、日本人の妻によく似た瞳。あるいは十三歳のスラヴ人の面影を宿す少年に似た瞳。

「おじいさま、鉛筆を貸して」

「いいとも。しかし、折らないでくれよ」

鉛筆を受け取った少年は床に紙を広げ、目をつぶり、お絵かきを始めた。

――ああ、もう半世紀もたつのだ。戦場に赴く前の七年間を過ごした、あの山上の棲《す》みか。

老人はいま一度絵葉書を手に取り、つぶやいた。

「育郎、私ももう一度行かねばなるまいね。君がいまだに先生の謎に悩まされているように、私もあの場所に謎がある」

あれから私たちはどこをどう歩き、いま、どこに来たのか。私はまた置き去りにされているのか。それともまた知らず知らずのうちにとんでもないところに運ばれてしまっているのか。それを確認するために。

「ヒッペや」

老人はアジア人めいた孫のかおばせに向かって言った。

「おじいさまは死ぬ前にどうしても行きたいところがあるのだ。スイスのお山だ。おじいさまが若いときに胸の病気を治療したところだ。しかし、なにしろ高いところだから、空気はよいのだけれど、この心臓がもつか、自信がない」

少年はまっすぐに祖父を見た。

「おまえ、連れていってくれるかい。このおじいさまの手を引いて、そのお山へ」

「ヤー!　ヤー!」

少年は喜色満面となってうなずいた。

第四章　真ん中でいこう

偉大なる平凡

トーマス・マンは『魔の山』の中で、主人公のハンス青年を折に触れて「平凡」とか「凡庸《ぼんよう》」とかいった言葉で評しています。たしかに彼は強烈な個性の持ち主ではありません。素直で、いろいろなことに興味を持ち、人の話をよく聞き、サナトリウムの暮らしにはまっているからといって病的なわけでもなく、頽廃的な精神の所有者でもありません。鋭敏ではなく、むしろある種の鈍感さのようなものを持っている、あまりドラマチックではない青年です。このようなタイプは普通は小説にはなりにくいものです。

では、なぜマンはそのような「平凡」な青年を『魔の山』の主人公にしたのでしょう。

そもそも「平凡」とは何を意味しているのでしょう。私たちはこの言葉を聞くと、まず「まあまあ」とか「月並み」とかいったものを思い浮かべます。しかし、マンが考えていたのはそういうものではないと思います。なぜなら、単なる「平均値」という意味で言うならば「ドゥルヒシュニット」という言葉を使うべきだからです。しかし、マンは「ミッテルメースィヒ」と言っているのです。これは含みのある言葉で、幅のある選択肢の中からもっとも最適なものを選択するというニュアンスがあります。いわゆる指標的な平均値のことではないのです。

私はここまで代替案《オルタナティヴ》の価値観、ということを再三述べてきましたが、それがまさにここに関係します。「こうでなくても、あれがある」「あれでなくても、これがある」。できるだけたくさんの選択肢を考え、その中から自分がいちばんよいと思う方法をとる。それが、ハンス・カストルプ的な平凡なのではないでしょうか。それはただの凡庸ではなく、幅と深みと余裕のある「偉大なる平凡」です。あるいは「真ん中のすすめ」とでも言ったらいいでしょうか。多少強引な推測かもしれませんが、それはマンが病んだ時代を生き抜くための究極の心のあり方としてたどりついた地平なのではないかという気がするのです。

そのことは彼の作品の変遷からもある程度推測することができます。初期作品である『ブッデンブローク家の人々』や『トニオ・クレーゲル』などは死への惑溺《わくでき》が濃厚で、健康な生への志向性のようなものはあまり感じられません。しかし、『ベニスに死す』のころから耽美《たんび》的ながらやや変化が見られるようになり、『魔の山』では、病と死の総本山のような舞台を描くことによって、逆説的に人間の骨太な強さのようなものを浮き彫りにしました。ハンスのような平凡な市民が主人公になるのも『魔の山』からです。

マン自身、鋭敏な感覚ゆえに若いころは陰鬱な気分に傾きがちでしたし、晩年は愛する息子に自死によって先立たれる不幸もなめました。また、『魔の山』の執筆の際には戦争による大量死にも接しました。そのような精神的苦痛をさまざまに経験したからこそ、彼は人間がたくましく生きるためにはどうしたらよいか、その術《すべ》を真剣に求めるようになったのではないでしょうか。

平凡な青年という点では、『こころ』の「私」もそうです。彼もまた天才ではなく、とくに感受性が鋭いわけでもありません。むしろ少しのことではめげない性根のようなものを持っています。逆に先生のほうが神経が細く、それゆえに時代にからめ取られて命を絶ってしまうのです。究極的に言えば、先生よりも「私」のほうが時代に弓引く気骨があるわけです。

ですから、そんな彼らにあやかって、私はいま言いたいのです。世間で言われている方程式に従ってたった一つの高い理想を描き、そこからはずれたらおしまいだなどと震えあがらないでくださいと。まずは自分自身がいいと思う道を進んで、それがダメだったらいくらでも図太く方向転換すればいいのです。心の豊かさとは、けっきょく自分の中に選択の幅を持っていることなのですから。

余談になりますが、私は最近「尚中」という名前がかなり気に入っているのです。というのは、尚中とはドイツ語で言えば「グロセミッテ」、すなわち「偉大なる真ん中」という意味だからです。

私は青春時代、出自のことで悩み、さんざん悩んだ末に日本名の「永野鉄男」を捨て、韓国名の「姜尚中」を名乗ることにしました。しかし、五十歳を過ぎたころから韓国とか日本とかにこだわる必要はなく、「永野鉄男」もいいじゃないかと思うようになりました。しかし、いまみたび変わって、やっぱり「姜尚中」がいい名前だと思っているのです。偉大なる平凡。堂々たる平凡。もっと言えば「王道」です。私もおめでたいのかもしれません。

時代はどんどん移り変わり、その中でよいとされる価値観も変わります。永続的なものもありますが、一次的な流行も少なくありません。その中から最適な値を見つけ出すことは、嵐のあとの濁流の川を、船頭さんがなんとか安定を保って船を漕《こ》ぎつづけるようなものですから、かなりしんどくはあります。しかし、そのような流れに負けない抵抗力をつけるためにも、人生のある時期に「魔の山」のようなところで心を育てることは有意義だと思います。

染まらないということ

「偉大なる平凡」にはもう一つだいじな要素があります。それは、人の意見をたくさん聞きながらも「染まらない」ということです。

染まらないとは、どういうことでしょう。あるいは、なぜ染まらないでいられるのでしょう。それは心の柔軟性のようなものと関係していると思います。ハンス・カストルプは明敏な天才ではないけれど、それを持っているのです。それはまだ何も盛られていない、それなりに容量のある器のようなものです。だからこそ、セテムブリーニやナフタなどクセのある人びとの意見を自分の中にどんどん入れていっても余裕があるのです。マイウェイを貫くことができるのです。

その感じが非常によく現れているのが、物語の終盤近くの吹雪《ふぶき》の場面です。あるときハンスは、覚えたてのスキーの腕を試すために一人で雪山に出かけて遭難します。一寸先の視界もないほどの状況のなか、彼は意識を失い、夢を見ます。一種の臨死体験です。

彼は美しい青い海のほとりで、うららかな陽光に照らされています。そこは朗らかな心も姿も美しい人びとで満ちあふれていますが、ハンスの後方には神殿に通じる門道があり、その中に分け入っていくと、二人の老婆が嬰児《えいじ》を引き裂いて血の滴る肉と骨に食らいついている恐ろしい場面に遭遇します。彼はその二つの極端な光景の意味を考え、人間の心は明と暗の両面を表裏一体で含んでいることを悟ります。そして、それはセテムブリーニが主張する明朗な人文主義と、ナフタが主張する暗黒のテロリズムの両極の象徴だと考えます。そして、自分はそのどちらも選ばず自分らしい道を進もうと決心するのです。

己《おれ》は心の中では彼らに与《くみ》しよう、ナフタにではなく――それからまたセテムブリーニにでもなく。ふたりとも単なる口舌の徒にすぎない。一方は淫蕩《いんとう》で悪意があり、もう一方はいつも理性の角笛を吹くばかりで、一瞬気違いをさえ正気に立ち返らせると自惚《うぬぼ》れているが、これはなんとも味気ないことではないか。確かに俗物根性とただの倫理と、非宗教にすぎない。だが己は小さなナフタの側にも味方すまい。神と悪魔、善と悪のごったまぜにすぎず、個人がまっ逆さまに墜落せんがためにあって、普遍世界への神秘的な沈没を目指す彼の宗教には与しまい。ふたりの教育家、彼らの論争と対立そのものが、ただのごったまぜにすぎず、あんな入り乱れた戦いのどよめきには、ほんの少しでも頭の中が自由で心が敬虔《けいけん》な人なら、決して耳を聾《ろう》されることはない。

（『トーマス・マン全集Ⅲ』）

染まらないという要素は、『こころ』の「私」にも見られます。

「私」は先生に深く心酔し、先生のお宅に入り浸り、その心の闇に分け入ろうとします。しかし、その様子は先生の弟子になって慕いきっているようでいて、どこか相手をつき離して観察しているようでもあるのです。

たとえば、先生が不在のとき、奥さんと二人で先生のことを噂《うわさ》しているこんな言葉をご覧ください。

「(……)世の中の何方《どっち》を向いても面白そうでない先生は、あなた(奥さん＝引用者注)が急にいなくなったら後で何うなるでしょう。先生から見てじゃない。あなたから見てですよ。あなたから見て、先生は幸福になるでしょうか、不幸になるでしょうか」

(『漱石全集　第九巻』)

欠席裁判の気安さはあるのでしょうが、妙に突き離した批評です。

また、先生と自分の父親をシビアに比較したこんな独白もあります。

私は心のうちで、父と先生とを比較して見た。両方とも世間から見れば、生きているか死んでいるか分《わか》らない程大人しい男であった。他《ひと》に認められるという点からいえば何方も零《れい》であった。

(『漱石全集　第九巻』)

わりと冷たい評価ではないでしょうか。しかし、これは二面性とか、面従腹背とかいうことではなく、やはりハンス・カストルプと同様、対象に染まりきらない「私」の器ゆえなのではないでしょうか。もっと強い言葉で言えば、「洗脳されない」ということです。

さらに言えば、それは「私」というキャラクターを造形した漱石その人のあり方でもあるのかもしれません。それが非常によく表れているのは、漱石が大正三年（一九一四）に学習院で行った有名な「私の個人主義」という講演です。その中で述べている「自己本位」という言葉が、まさに「染まらない」ということだと思うのです。

作家として立つ前の漱石は、英文学者として西洋の方法論に盲従してきました。しかし、それはけっきょく他人におんぶにだっこの学問であり、そうではない、自分たちに独自の理論を構築しなければならぬと一念発起します。かといって即座に成功できたわけではありませんでしたが、それでも借り着でない「自己本位」の道を行く決心がついて安心するようになったと言っています。

私は此自己本位という言葉を自分の手に握ってから大変強くなりました。彼等何者ぞやと気概《きがい》が出ました。今迄《いままで》茫然と自失していた私に、此所《ここ》に立って、この道から斯う行かなければならないと指図をして呉れたものは実に此自我本位の四字なのであります。

(『漱石全集　第十六巻』)

ハンス・カストルプが、自分はセテムブリーニにもナフタにも染まるまいと決意したあの宣言とよく似ていると思います。

人生の厄介息子

そしてもう一つ、『魔の山』の中に、とても気になる言葉があります。それは、「人生の厄介息子」という表現です。

この言葉はセテムブリーニがハンスを評するのに用いるのですが、どういう意味かと言うと、要するに、究極のところハンスは従順ではなく、くえないい男であるということです。

ハンスは未知のものごとに対して尽きせぬ好奇心をもって向かっていきます。その姿は一見、真っ白なキャンバスのようです。しかし同時にかなり懐疑的でもあって、そう簡単には納得しないのです。そこに誰かが絵を描こうとしてもなかなか描けないのです。ですから、教える側にとっては存外にあなどれない難物であるわけです。

それは、『こころ』の「私」も同じで、本音のところは避けて大人の会話をしようとする先生に対して、そうはさせじと迫って手を焼かせます。

たとえばこんな場面があります。

私は思想上の問題に就いて、大いなる利益を先生から受けた事を自白する。然し同じ問題に就いて、利益を受けようとしても、受けられない事が間々あったと云わなければならない。先生の談話は時として不得要領に終った。（……）

無遠慮な私は、ある時遂にそれを先生の前に打ち明けた。先生は笑っていた。私は斯う云った。

「頭が鈍くて要領を得ないのは構いませんが、ちゃんと解ってる癖に、はっきり云って呉れないのは困ります」

「私は何にも隠してやしません」

「隠していらっしゃいます」

「あなたは私の思想とか意見とかいうものと、私の過去とを、ごちゃごちゃに考えているんじゃありませんか。私は貧弱な思想家ですけれども、自分の頭で纏《まと》め上げた考《かんがえ》を無暗に人に隠しやしません。隠す必要がないんだから。けれども私の過去を悉《ことごと》くあなたの前に物語らなくてはならないとなると、それは又別問題になります」

「別問題とは思われません。先生の過去が生み出した思想だから、私は重きを置くのです。二つのものを切り離したら、私には殆んど価値のないものになります。私は魂の吹き込まれていない人形を与えられた丈で、満足は出来ないのです」

先生はあきれたと云った風に、私の顔を見た。巻烟草《まきたばこ》を持っていた其手が少し顫《ふる》えた。

「あなたは大胆だ」

「ただ真面目なんです。真面目に人生から教訓を受けたいのです」

「私の過去を訐《あば》いてもですか」

（『漱石全集　第九巻』）

おおむねの人は触れずにすます部分にあえて突っこんでいく。この始末におえなさ！これぞ人生の厄介息子の姿です。そしてまた逆説のようですが、この察しの悪さこそが「平凡」なのであり、また「真ん中」でもあるわけです。

『続・こゝろ』⑤　山の上のホテル

列車の振動に身を任せていると、眠くなるのはなぜだろう。ハッと心づいたときには列車はすでに恐ろしいくらいな高度の峡谷を走っていて、太陽はあらぬ方角に移っていた。窓に額を近よせれば、屈曲が激しいため先頭車両と末尾の車両とが同時に見え、眼の下は千尋の谷底まで落ちこんで、めまいがしそうである。すでに標高一千メートル以上には達しているのだろう。してみるとあと一、二時間ほどでダヴォスに着くはずであった。

温気《うんき》に満ちたコンパートメントの向かいの座席には、孫がブランケットにぬくぬくとくるまって、上気した頬に桃のようなうぶ毛を見せて眠っている。その安らかな寝顔を見ながら、ハンスもまた目をつぶった。

――そうだ、いまから五十年近く前、三週間の滞在の予定で私はここへやってきたのだ。五十年……、時の流れはなんと速い。私は貧血ぎみの工科大学の四年生で、まもなく造船会社の設計エンジニアになるはずだった。平凡な青年だった。いや、いまも平凡だけれど。そして世界もまた平凡だった。いや、ほんとにそうか？

――あのころヨーロッパの内側に渦巻いていた魑魅魍魎たる何ものか。あるいは複雑に相反していた主義というもの。それは戦争という名の大爆発で噴出し、世界は分断された。われわれの祖国も二つに割れた。で、世界は内側の毒を排出して身軽になったのか？　あるいは新たなる病をまた背負いこむことになったのか？

「まもなくダヴォス・プラッツです」

ふたたび目が覚めたのは車掌がノックしてコンパートメントに入ってきたときで、長い車両はいまやまさにプラットフォームに滑りこもうとしていた。

＊

鏡のような湖水がはるか遠くに見え、岸沿いのエゾマツが山肌を黒々と染めて這いあがっている。その針葉樹林が尽きるあたりから氷塊をノミで削ったがごとき峰となって、極限の鋭角をもって天へ昇っていく。空の色は恐ろしいほど紺碧《こんぺき》で、頂上の真っ白な万年雪と潔い接点を結びあっている。

――ああ……故郷、私の二つ目の故郷。

「ハンス！　君！　来てくれたんだね」

ヨーアヒムの声がする。

「エンジニア、なぜ戻ったのです」

セテムブリーニがなかば本気で怒っている。

「待っていましたよ」

ナフタがみにくい顔を歪めてニヤリとする。

ハンスは懐から懐中時計を取り出し、しかし見ずに懐に戻した。そして頭から帽子を取り、孫の頭からも帽子をはずした。不思議な顔をする孫に向かって彼は言った。

「ここは帽子をかぶらないでいい場所なんだ」

「なあぜ?」

「心の世界だからさ」

*

「Dホテルへつけてくれ」

運転手に言いつけると、車はほぼ線路と平行に走っている道路を谷のほうへ向かってしばらく走り、峡谷を一つ渡り、やがて黒々とした森に向かって急な斜面を登っていった。谷底にも斜面にも人家や商店がびっしりと建てこんで、まるでひな壇のようだ。老人は窓ガラスに張りついている孫の後ろからその背を抱くようにして車外の風景に目をやりながら、いちいちの頂を指し、あれがシュヴァルツホルン、あれはピーツミッヒェル、あれはティンツェンホルンと名前を教えた。

やがて車は崖下《がけした》の大ホテルのエントランスに滑りこんだ。回転扉の前に車両が横づけされると、ドアマンとポーターが走ってきて、かかとをあわせて慇懃に長いお辞儀をした。

「カストルプ様でございますね。お待ちしておりました」

老人は杖《つえ》を持ってゆっくりと車から降り立つと、一瞬腰を曲げ、伸ばし、居ずまいを正し、右手上方の崖上を仰いだ。斜面にある少し突き出た台地の上に、一棟の白い建物が丸い塔をのせて建っていた。

ハンスは孫を招くと肩を抱き、「ヒッペや、あそこだよ」と、白い建物を指さした。「おじいさまが五十年前に胸の治療をしたところ」

少し足を引きずったポーターが、たくさんの革製トランクをキャリーに積みながら、

「あそこはとても伝統あるサナトリウムだったのです」と、上半身をねじって言った。

「その昔は、それはそれはたくさんの患者さんが世界中からお集まりだったのですよ。でもいまはめっきり減ってしまって……。結核はもう不治の病ではなくなりましたから。近いうちに一般病院になるとか、リゾート・ホテルに衣替えするとか、もっぱらの噂です」

ポーターはひとしきり説明すると、荷物を押して去っていった。

その彼とハンスの間を、ショートパンツにサンダル、サングラス姿のアメリカ人の一群れが陽気な笑い声を立てて通りすぎた。ダヴォスは病気療養地ではなく、インターナショナルな遊興地（リゾート）に変貌しつつあった。

――そうか、そうなのだ。変わるのだ。

――だとしたらどうなる？　世界は。

ハンスは五十年前にここにいた魔法使いたちのことを思った。

――セテムブリーニ！　おせっかい焼きの教育家！　私を鼓舞した陽気な箱オルガン弾きにして、人類の発展を謳《うた》うフリーメイソンの闘士！　あなたは私に山を降りろと言った。私は降りた。そして下界の重力に従って戦った。で？　世界はどうなった？　あなたの力説するよい世界は訪れたか？　そして、これからどうなる？

――ナフタ！　黒い衣と十字架の下で世界征服をもくろんだ矮小《わいしょう》なテロリスト。あなたの夢想した世界は訪れたか。否《いな》、否、訪れなかった。あなたでない別の独裁者が似たようなことを試み、それは失敗に終わった。あなたはみずから命を絶ったが、どのみち生きられなかったろう。彼らが殲滅《せんめつ》しようとしたのはほかならぬあなた方だったのだから。そして、彼らもまた断罪された。それで？　われわれは平和になったのか？

――ああ、時代とは何もので、人はどこへ向かって進んでいくのか。いかなる理由があって、そしてどこに、私たちを拉《らっ》し去ろうというのか。

＊

老人はエントランスに立ちつくし、杖に体重を預けて正しい姿勢を保ちながらとめどもなく涙を流していた。涙は白いカラーに伝わり、小さなしみとなって次々にしみこんでいった。

――たった三週間の予定だった。それが数カ月に延び、一年に延び、七年になったとき世界が爆発して、私はいやおうなく下界にはじき飛ばされた。

――いや違う、そうじゃない。私はここで七年修業をして何かを知ったのだ。それゆえに、爆発炎上している下界に降りていったのだ。そうだろう？　セテムブリーニ、ナフタ、ヨーアヒム、……育郎。そうでなかったらなぜ私はこうして生きている？　この平凡な私が。どうして？

先ほどの足をひきずったポーターの言葉が甦《よみがえ》った。

「その昔はたくさんの患者さんが世界中からお集まりで……、結核はもう不治の病ではありませんから……、近いうちにホテルに衣替え……、ホテルに衣替え……、もう不治の病では……」

茫然と佇《たたず》む老人のうしろを、ローラースケートに興じる若者たちが派手な嬌声《きようせい》をあげて駈け抜けた。

——もうじき衣替え？　もう結核は不治の病ではない、のか？　ほんとにそうなのか？不治の病はこの世から消えた、のか？　ここの役目は終わりなのか？

ハンスは思った。われらの祖国は二つに割れた。それは二十年先、三十年先に、元に戻るかもしれない。しかし、そうなっても元通りにならないものがあるのではないか。われらの手を離れて先へ先へ暴走していくものがあるのではないか。そうだ、真の問題は、この山上の真空地帯に陣取っていたものが、収まりどころを失って下界にばらまかれたことにあるのだ。ここは百鬼夜行の魔物が行進する魔の山だった。現実世界から遊離した実験場だった。その囲いがなくなった。

ハンス・カストルプは何かとりかえしがつかぬことが起こった気がして、身ぶるいした。

「おじいさま――?」

アジア人の顔をした少年が、不審げに祖父を見上げた。

ハンスは崖の上の白い建物をもう一度仰いだ。その壁面にはずらりとバルコニーが並んでいて、海綿のように孔《あな》だらけに見え、いましも点々と灯火がともりつつあった。

その瞬間――、彼の心は五十年前の「人生の厄介息子」ハンス・カストルプとなって、そこへ飛んだ。そしてミイラかサナギのように毛布にきっちりとくるまって、口に体温計をくわえ、分厚い人体図鑑を胸の上に開いて、バルコニーの寝椅子の人となった。

体温計を動かさないように用心しつつ下方を見やると、黄昏《たそがれ》に染まりはじめた空気の中に大ホテルのエントランスが明るく浮かびあがって、人びとが蟻《あり》のように動いているのが見えた。車から降り立つ人、荷物の小山を押して進む人、人待ち顔に佇む人。

それらのいとなみをしばしおもしろそうに眺めたのち、ハンスは「そろそろだな」とつぶやいて口から体温計をはずし、「三十七度八分。今日は少し高い」と言った。体温計を容器に戻し、かたわらのテーブルに置き、胸の上の人体図鑑も閉じてテーブルに戻し、目をつぶった。

＊

「おじいさま――?」

濃くなりはじめた夕闇に不安を感じ、少年は相変わらずエントランスに立ちつくしている祖父の手を二、三度、うながすように揺すった。

バルコニーのハンス・カストルプはすでに眠りに落ちていて、落下傘かタンポポの綿毛のようなものが、アルプスの頂からふもとに向かって無数に舞い降り、世界中に飛散していく奇怪な夢を見ていた。

第五章　「語り継ぐ」ということ

デス・ノベル

第一章で述べたように、トーマス・マンや夏目漱石が「心」を発見した二十世紀は、すなわち「心の病」が発見された世紀でもありました。

生きとし生けるものはすべて本能的に命の尊さを知っていて、何がなんでも生きようとします。したがって、自分から生きることをやめようとするのは、生きものとして不自然なことなのですが、そんな不自然な精神がそのころの世界に次々に現れたのです。これは人類史を俯瞰《ふかん》すればたいへん不穏な事態であり、だからこそ、時代に敏感なマンや漱石は、それをテーマとした作品を書き綴ることにしたのです。

実は、漱石の『こころ』は全編に死が満ち満ちた「デス・ノベル」です。と言うとどきっとするかもしれませんが、作品をよく見てください。先生の親友のKをはじめ、「私」の父親、お嬢さんの母親、そして先生自身……。これでもかというくらい登場人物が死ぬのです。物語の背景にも、明治天皇やそれに殉じた乃木希典など、社会事件としての死が密に描きこまれています。一つの作品の中にこんなに死が詰めこまれているものは、漱石の作品の中でもほかに例がありません。

そして、マンの『魔の山』もまた「デス・ノベル」なのです。ハンス・カストルプの両親、祖父、いとこのヨーアヒム、曲者《くせもの》のナフタ、第三の男として現れるペーペルコルン、その他多くの結核患者たち。しかも、ラストの情景は死屍累々《ししるいるい》たる第一次世界大戦の戦場ですから、まさに全編これ死に満ちた小説です。

夏目漱石とトーマス・マン。遠い海を隔ててなんの接点もないはずの二つの物語が、このような共通性を持っているのはおもしろいことです。

しかし、二つの作品が似ている最大のポイントは、全編に死が満ちていることではないのです。そうではなく、全編に死が満ちているにもかかわらず、どちらも「不思議な明るさ」を持っているという点にこそあるのです。

なぜでしょう？

そこには三つの理由があると思います。

漱石とマンの作品から百年を経たいま、その三つが心の力のヒントとなるに違いありません。

死によって生が輝く

理由の一つ目は、満ちあふれる死によって逆説的に生の輝きのようなものが浮き彫りになっていることです。

『魔の山』からです。言うまでもなく、あの山上のサナトリウムは〝死と病の家〟です。そこにいる全員が死と隣りあわせの状態にあり、じっさい人がどんどん死んでいきます。

しかし、マンは作品執筆後の講演の中でこう言っているのです。

彼が理解することを学んだものは、すべてのより高次の健康は、罪を知ることが救済の予定条件であるように、病気と死を深く経験してしまったのちに得られるということです。

（『トーマス・マン全集Ⅲ』）

つまり、病気と死を知りつくしたとき、人の心は健康になるという意味です。この言葉は一瞬、陳腐にも聞こえます。しかし、よくよく考えるとたいへん重要なことを言っているのがわかります。

近代文明の一つである医学は、人間の身体のメカニズムを解明し、命を救い、病気を駆逐し、寿命を延ばすことに全精力を注いできました。そして、「生」を極端に追い求めるがゆえに、「死」はいきおい忌まわしいものとして排除され、隠蔽《いんぺい》される方向に進んできました。しかし、本来、生と死はどちらも同じく人間の一生の一部であり、どちらか一方だけを選ぶことはできないのです。人は自分の肉体と精神の中に命と健康と長寿ばかりを見るのでなく、病と老いと死も同時に見つめなければなりません。病気を恐れていたら健康にはなれませんし、死を忘れたら生のよろこびはないのです。

じじつ、病気や死は、遠ざけようとすればするほど大きな脅威となって人をおびやかします。それとは反対に、病や死の世界にあえて飛びこみ、それらもまた自分の肉体と人生の一部であると知れば、それほど恐るるに足らぬものになるはずなのです。

ですから、私たちが死を唾棄《だき》するのはまちがいです。そうではなく、私たちはそれを生と同じように普通にだいじに胸に抱くべきなのです。

マンのこの主張はたくさんの登場人物の口を借りて出てきます。

まず死をことさら生と区別してはならないというセテムブリーニの言葉です。

「エンジニア、どうかお聞きください。どうかよく心に止めておいていただきたいのですが、死に対して健康で高尚で、そのうえ——これはとくに申し添えたいことですが——宗教的でもある唯一の見方とは、死を生の一部分、その付属物、その神聖な条件と考えたり感じたりすることなのです。——逆に、死を精神的になんらかの形で生から切り離したり、生に対立させ、忌《いま》わしくも死と生を対立させるというようなことがあってはならないのです。それは健康、高尚、理性的、宗教的の正反対ともいえましょう。古代人は、彼らの石棺《せきかん》を生命や生殖の寓意《ぐうい》のみならず、淫猥《いんわい》な象徴で飾りさえしました。——つまり古代人の宗教心からいえば、神聖なものは淫猥なものと同意義である場合がきわめて多かったのです。古代人は死を尊敬する道を知っていたともいえます。死は生の揺籃《ゆりかご》、更新の母胎という意味で、尊敬さるべきものなのです。生から切り離された死は、怪物、漫画——そしてさらに厭《いと》うべき代物になりさがるのです。（……）」

（『トーマス・マン全集Ⅲ』）

もう一つ。ハンス・カストルプが雪山で遭難したときの言葉です。一寸先も見えぬ吹雪の中で命の危機にさらされながら、彼はこう悟ります。

死と生——病気と健康——精神と自然、これは果して矛盾するものなのだろうか？　己《おれ》は問う、それが問題だろうかと。いや問題ではない、高貴の問題も問題ではないのだ。死の放逸は生の中にあり、それなくしては生が生ではなくなるだろう。そしてその中間にこそ神の子たる人間の立場があるのだ、——放逸と理性のただなかに、——丁度人間の国家も、神秘的な共同体と吹けば飛ぶような個体との間にあるように。

（『トーマス・マン全集Ⅲ』）

ハンスはサナトリウムで七年暮らし、死に隣接した世界をくまなくへめぐりました。だからこそ、最終的には少々のことには屈せぬたくましさを持った青年になったのではないでしょうか。

投げ出す力、受け取る力

一方の『こころ』のほうはどうでしょう。

主人公の一人である先生は、親友のKを死に追いやった自責の念から厭世感にとりつかれ、生きる気力を失います。そして、最終的に死を選びます。その点では、『こころ』は、『魔の山』のように死に接することによって生の尊さを悟る——という物語ではありません。

しかし、そんな救いようのない話なのに、『こころ』にも一種の浄化《カタルシス》のようなものがあるのです。完全に絶望的ではないのです。なぜでしょう？

それは、深い人間不信に陥っていた先生が、最後の最後にただ一人、「私」という信ずるに足る人間に出会い、初めて心を開くことができたからです。自分の城にたてこもっていた人がついに籠城《ろうじょう》を解き、扉のカギを開け、外の世界に歩み出ることができたからです。

結果から言えば、それをしたがために先生の命は失われることになります。しかし、見方を変えれば、命とひきかえにしても受け入れたいと思える相手が、つらかった人生の最後の最後に現れたということであり、そこに一種の救いがあるのです。悲劇の結末にポッと一つ、希望の明かりのようなものがともるのです。

私は、人間と人間の信頼関係というものは、「自分を投げ出す」「相手を受け入れる」というやりとりによって成り立つのではないかとつねづね考えてきました。先生と「私」の間に最後に交わされたものは、まさにそれであったと思います。漱石の表現で言えば、とても「真面目」な、真剣そのものの関係の構築であったと思います。

先生が、「私」が自分を投げ出すに足る相手かどうかをはかる場面があります。

「あなたは本当に真面目なんですか」と先生が念を押した。「私は過去の因果で、人を疑りつけている。だから実はあなたも疑っている。然し何うもあなた丈は疑りたくない。

あなたは疑るには余りに単純すぎる様だ。私は死ぬ前にたった一人で好《い》いから、他《ひと》を信用して死にたいと思っている。あなたは其たった一人になれますか。なって呉れますか。あなたは腹の底から真面目ですか」

（『漱石全集　第九巻』）

そうです。物語の中に死が満ちているのに薄明るさを感じる二つ目の理由は、そこに描かれている「心」が孤立したまま終わらず、誰かとの間に「投げ出した」「受け取った」というつながりが描かれているからなのです。

むろん、先生の自殺は肯定すべきものではなく、祝福すべきものでもないでしょう。しかし、命がけのやりとりをすることによって、それまで冷え冷えとしていた心にあたたかなぬくもりが生まれた。これはやはり一種感動的な出来事であるように思います。

消えない命のともしび

そして、理由の三つ目——。それは、この二つの小説が人の心と人生を語り継いでいく物語だからです。「語り継ぐ」とはどういうことかと言うと、「一回限りで終わりにならない」ということです。

生物としての人の生命は、言うまでもなく死んだらおしまいです。しかし、終わりになった人の物語を受け取った人がいて、それを誰かに物語り、それを受け取った人がまた誰かに物語り、それを受け取った人がまた誰かに物語り……していくと、その人生は終わりにならないのです。永遠になるのです。もっと言えば、消えたはずの命にふたたび命のともしびがともるのです。

私が『こころ』を読んでもっとも感動したのはこの点です。『こころ』は「私」が先生という人の人生を語り継いでいく話なのです。

と言うと、また意外の感を持たれる方がいらっしゃるでしょう。『こころ』のどこがそういう話なのか、と。

無理もありません。そのことは物語の冒頭にごくさりげなく記されているだけなので見落とされがちで、たいていの読者は気づかないのです。しかし、『こころ』という小説はまちがいなく、「私」が最終的に語り部となって、自殺した先生から告白された長い物語を誰かに対して語っている話なのです。
それはこんなふうに語られています。

私は其人を常に先生と呼んでいた。だから此所でもただ先生と書く丈で本名は打ち明けない。是《これ》は世間を憚《はば》かる遠慮というよりも、其方が私に取って自然だからである。私は其人の記憶を呼び起すごとに、すぐ「先生」と云いたくなる。筆を執っても心持は同じ事である。余所々々《よそよそ》しい頭文字抔《など》はとても使う気にならない。

（『漱石全集　第九巻』）

ほんとだ――と、気づいてくれましたか。
この口ぶりからすると、「私」は作家になったのかもしれません。あるいは学校の教師になったのかもしれません。想像をたくましうするならば、先生の死後十年か二十年たったころ、「私」の目の前にかつての「私」のように人生に迷える若者が現れたのかもしれません。その若者に向かって、若き日の自分と先生の物語を語り聞かせているのかもしれません。

私が、漱石の『こころ』に想を得て、『心』というささやかな小説を書こうと思った動機の一つは、生と死は一続きの円環であり、生は死によってこそ輝くということを言いたかったからでした。そして、もう一つは――、『心』の主人公の青年には、亡くなった私の息子の面影がこめられているのです。私は彼の記憶をなにがしかの形で、永遠に語り継いでいきたかったのです。『こころ』の「私」が先生の死をまるごと受け取り、その記憶を語り継いだのと同じように。私も私の中に生きている息子のともしびを、いつまでもともしていたかったのです。

人が生きた証《あか》しを「語り継ぐ」という小説の効用は、『魔の山』でもいかんなく発揮されています。いままで述べてきたように、『魔の山』はいまから百年前のヨーロッパの病める肉体と精神を記した物語です。しかし同時に、ハンス・カストルプという一人の青年の中に、作者マン自身が愛する祖国の伝統的精神を、あるいは連綿と続く硬質な魂のようなものを受け継がせた物語でもあるのです。

そのようなマンの気持ちを如実に感じさせるのは、幼いハンス少年が祖父におねだりして、カストルプ家に代々受け継がれてきた洗礼盤――生まれたばかりの赤子の頭に牧師が聖水を注ぐ銀盤とそれをのせた皿――を見せてもらう場面です。皿に刻まれた名前はもっとも古くは一六五〇年で、ハンスの時代より二百年以上前です。それ以来、この皿の所有者の名前が七つ刻まれていて、最後のところにハンス・カストルプという自分の名前があります。ハンスはそれらの銀の器を飾り戸棚から出してもらい、祖父の話を熱心に聞きます。

そこで語られる一族の歴史はハンス少年の心に重く、快く響きます。とても美しい場面です。

「おじいさま」幼いハンス・カストルプは、この小部屋で、爪立《つまだ》ちして老人の耳元まで伸び上がりながら言った。「見せてちょうだい、ねえ、洗礼盤」

（……）皿の裏側には、この器物を所有した代々の家長の名が、それぞれ違った書体で刻まれていて、その数はすでに七つに達し、どれにもこの盤を受けついだ年号が添えてあった。襟飾りの老祖父は、指輪をはめた人差し指で、いちいちそれらの名前を孫に指し示した。そこには父の名もあれば、祖父自身の名も、曾祖父《そうそふ》の名もあった。この「曾《ウル》」という接頭語が、祖父の口の中で二つになり三つになり四つになると、孫の少年は頭を横にかしげ、瞑想《めいそう》するような、あるいはぼんやり夢想するような眼つきで、口を慎ましくうっとりと開いて、この曾《ウル》―曾《ウル》―曾《ウル》―曾《ウル》という音に耳を傾けた。――それは、墓穴と時間の埋没を意味する暗い音であったが、それと同時に、現在の少年自身の生活と、遠い過去に埋没した時代との間の敬虔な連鎖を意味し、少年に全く特異な印象を与えたので、その顔にそういう表情をとらせるのであった。（『トーマス・マン全集Ⅲ』）

この場面を読みながら、私は、後年ハンスはやはり自分の子や孫にこの洗礼盤を見せ、自分を含めて三百年も語り継がれてきた一族の物語を語り聞かせたのではないかと想像したのです。

以上が、この二つの小説がデス・ノベルでありながら、ある希望と明るさを感じさせてくれる理由です。

語り継ぐということは、敷衍《ふえん》して言えば一人ひとりの死を無駄にしないこと、一つひとつの命をいとおしみ、あるいは〝隣人〟の問題として考え、さらにその歴史をみなで共有することではないでしょうか。そうした態度が広がっていけば、いまの社会に蔓延《まんえん》している心の病や心の孤立、そして孤独な死のありようも変わっていくのではないでしょうか。

多少大袈裟かもしれませんが、漱石の『こころ』とマンの『魔の山』から、いま私はそんなことを学び取りたいと思っているのです。

『続・こゝろ』⑥　万年筆

育郎は座イスの肘《ひじ》かけに腕をもたせかけ、いま帰っていった客の話を茫然と反芻《はんすう》していた。

開け放った窓から六月の風が流れこみ、書きもの机の上の原稿用紙を揺らしている。

はじめ憤激して、やがて悄然《しょうぜん》として、その男は語った。それは戦死した育郎の息子の幼なじみのOで、その昔、小さな二人はたがいの家をわが家のように行き来していたものだった。

いちずな性格のOは戦争のときお国に一命を捧げる覚悟で出征した。しかし、強運に助けられてほとんど無傷で帰還した。逆に、戦うことに懐疑的だった育郎の息子は跡かたもなく砕けて散った。戦後、Oは猛烈な意識で社会に立ち向かうようになり、公務員として勤めながら反体制の運動に身を投じた。

そしていま、一九六〇年のこの年。敗戦から十五年闘ってきた彼の想いは打ち砕かれた。平和と非戦の誓いが踏みにじられるような条約が通ったのだ。Oたちは猛烈に異議を唱えたが、圧倒的な政治の力の前に蹴散らされた。

Oは育郎の前に正座して、両のこぶしにぼとぼと涙を落とした。自分はあいつ——育郎の息子——のぶんまで闘ってきたつもりだったが、負けてしまった、申しわけないと言った。

「僕はあいつが死んだとき、死に遅れたと思いました。自分は役に立てなかったと思った。しかし、そのあと死なないでよかったのだと知った。命あることに感謝した。そして、あいつを無駄死にさせたものと闘うことにしました。自分はまちがっていなかったはずです。それなのに、いま、そんなものはもう時代遅れだという。なぜですか。ぎゃあぎゃあ言うな、大人になれという。なぜですか」

この国の首相は、騒がしいのは国会周辺だけで、銀座や後楽園球場はいつものとおり平常だなどと言うのです、自分はいままた死に遅れた気分になっている、何を信じていいかわからない、また生きている意味がわからなくなった——と、Oは声をふるわせた。

育郎は目の前に置かれてある座布団に、さっきまでそこに座っていた彼の顔を思った。もし自分の息子も生きていれば、泣きはらした赤い目の、疲れて目の下にくまのできた、髪の毛に数本白いものが混じっているその男の顔くらいになっているのだと思った。

*

隣の部屋で、妻が聴いているらしきラジオが鳴っている。

「政府は、アメリカのアイゼンハワー大統領の来日予定が延期になったことを発表しました……」

それを片耳で聞きながら、「時代遅れ」とOは言ったな、と育郎は思った。

——時代遅れ……時代遅れ……、どこかで聞いた言葉だ。

そうだ、先生だ。先生が言っていた。明治の主上が逝ったとき、明治の影響をいちばん受けてきた自分たちがそのあとへ生き残っているのは時代遅れだと先生は言ったのだ。

「生きている意味がわからなくなった」とも、Oは言った。

それは自分だ、と育郎は思った。

そして、

――そうか……！

いきなり憑《つ》きもの……が落ちた。

生きている意味とは――、そうか、時代とともに生きる感覚のことなのだ。そうだ、その感覚がずれるとき、人は生きている意味がわからなくなるのだ。信じられるものがなくなるのだ。そして――、死にたくなるのだ。

そんなことならとうに知っていた、という気もした。目の前にずっとあったのに、目に入りすぎて見えなかったのか、と思った。七十も過ぎたこんな年になってようやく――。

自分はなぜ先生にあれほど惹かれたのか。それは、先生も同じく時代に添うて生きられない人だったからだ。ああ、時代と共寝する気になれない天邪鬼《あまのじゃく》な心。

湯のみに残っていた冷めた茶をがぶりと飲んだ。

そして、思った。

「そうだ」

——先生が死を選んだのは、Kさんのせいではなかった。

「そうだ」

——Kさんが死んだのも、たぶん先生のせいじゃない。

——やっぱり、時代の精神への殉死だったのだ。

先生は「殉死」という古い言葉に「新しい意義」を盛りえたと言った。自分はそのときよくわからなかった。だが、いまはわかる。先生の言う「新しい意義」とは、乃木さんが抱いたような時代への愛着と惜別ではない。それとは正反対のものだ。すなわち、そう——、時代への反発と違和感。すべてが金に帰される時代、友を裏切らせ血の絆《きずな》すら断ち切らせる時代、人を孤独に落とす時代、欲望と見栄《みえ》に満ちた時代。そう——、そういう時代への反発と違和感なのだ。

では、自分は――？　先生と同じように時代に対して強い反発と違和感を持ちながら、自分はなぜこうして生きながらえている？　くだらないと思い、嫌気もさしながら、なぜ自分は生きている？

自分はいつも置いてけぼりだった。いつも宙ぶらりんであった。しかし、苦虫をかみつぶしながら健康だった。腕組みだけしてべんべんと生きてきた。この世がおぞましい戦争に向かって走りはじめたときも、顔をそむけているだけだった。

息子の朋友《ほうゆう》はいまふたたび社会から良心の明かりが消えようとしていると言って泣いた。そのとおりだ。それにひきかえ、なぜ私はのんきに茶など飲んでいる？　なぜ彼のようにいちずに怒ったり泣いたりしない？　忌まわしい時代に息子を奪われたとき、なぜ息子を返せとこぶしをふりあげなかった？

この世はいつも不愉快だ。楽しかったことなど一度もない気がする。しかし、私は生きてきた。なぜ私は殉死しない？　なぜこうして座っている？　まるでこの世とは別の理屈で生きている凡庸な犬のように。

そこまで考えて、またハッとした。凡庸な犬？　平凡？　別の理屈？

いや、そうだ、そうなのだ。だからこそ生きている。

――そうか、先生。

――だからこそ、私は生きている。

――だからこそ殉じない。

育郎は「先生は平凡じゃなかったのだ」と、声に出して言った。「Kさんも」。その響きがおかしくて、ひとしきり笑った。そして、「私は平凡だ」と言った。続けて「ハンスも平凡だ」と言った。また笑った。そう言えば、十五年前に箱根の山中でそんな会話をしたことがあったじゃないか。

育郎は机の上を見た。そこには相変わらず、あの日の寄木細工のからくり箱が置かれてあった。

――ばかだな。

育郎は先生の形見の万年筆を手のひらの中で転がし、ためつすがめつ見た。

やっとわかったと思った。

しかし、よくよく考えると、やはり半分しかわかっていないようでもあった。

＊

隣の部屋のラジオが鳴っている。

「このたびの混乱により、岸内閣はその責任を問われ、総辞職に追いこまれる可能性が高くなりました……」

二十年後、三十年後、この世の中はどうなっているのだろう。

おそらくまた変わっているんだろう。そして、それに対して自分たちはやはりなす術もなくすべっていくのだろう。しかし、すべりながらも、自分たちはみなそれぞれ自分であらねばならぬのだろう。そして、よくわからぬが、自分が自分として踏みとどまろうとするとき、何かの力がいるのだ。心の力のようなものが。それを探しつづけることを、きっと「まじめ」と言うのだ。

「私は……」、育郎はつぶやいた。

――少なくとも、ふまじめではなかった。

――平凡ではあるが。

――少なくとも放り出しはしなかった。

机の上に書きかけの頼まれ仕事の原稿があった。毒にも薬にもならぬ紀行文だった。手に取ると、丸めてくずかごに放りこんだ。

私が言いたいのは、こんなことではない。

「誰にも言わないという約束だったが――」

先生の物語を書こう、と育郎は思った。書かなければならなかった。そうしなければ先生の人生が意味のないものになってしまう。「時代の精神に殉じる」と先生は言った。その言葉をいま問い直すことは、たぶん意味がある。

「もう言ってもいいでしょう?」

それは、先生の人生を美化するためではない。なぜならば、先生は踏みとどまることをやめたのだから。そうではなく、人の心と人生を考えるために書く。

「先生。私はあなたの死を肯定しない」

そう。肯定しない。

なぜならば、

「みずから終わらせちゃだめなんだ」

――先生、あなたこそ、ほんとうにまじめだったんですか？

しかし、先生はそれをこそ学びとれと、私に言ったのかもしれない。若い私とのせつない交情の果てに、そのことを学びとれと言ったのかもしれない。

先生の遺書にあった言葉を、思い出した。

「私は暗い人世の影を遠慮なくあなたの頭の上に投げかけて上《あげ》ます。然し恐れては不可《いけ》ません。暗いものを凝と見詰めて、その中から貴方の参考になるものを御攫みなさい」

「私の鼓動が停った時、あなたの胸に新らしい命が宿る事が出来るなら満足です」

先生は本気でそう願ったのだろう。しかし。

――そんなのはだめだ。先生、あなたはずるい。わかっているのでしょう？

ふふ、と笑った。

それに応じて、ふふ、と照れ笑いをする先生が見えるような気がした。

その昔、「先生」という名のおかしな人がいた。自分はその懐にむりやりもぐりこみ、長い長い足踏みの青春を過ごした。そこで教わったことがあった。それを書かねばならない。そうしなければ、先生が私に伝えようとしたことも、先生という人の人生も、それぎりになってしまう。

十五年前、ハンスに「教える」ことと「謎をかける」ことは同じだと言われた。だからこそ、私はかけられた謎の答えを求めつづけよう。

育郎は万年筆をもう一度眺め、指の間で二、三度回し、書きはじめた。


私は其人を常に先生と呼んでいた。だから此所でもただ先生と書く丈で本名は打ち明けない。是は世間を憚かる遠慮というよりも、其方が私に取って自然だからである。私は其人の記憶を呼び起すごとに、すぐ「先生」と云いたくなる。筆を執っても心持は同じ事である。余所々々しい頭文字抔はとても使う気にならない。……


ふと何かに呼ばれたような気がして、目を上げた。

閉《た》てきってあるふすまを見た。妻は買い物にでも出かけたのか、ラジオの音はいつの間にか消えて、静かになっていた。

　ふすまの向こうは牛込馬場下横町の先生の居間で、先生がいつものように懐手をしているような気がした。むつかしい顔をして、本に囲まれて、いつものように静かに座っていそうな気がした。

終章　いまこそ「心の力」

時代と心を切り離すことはできません。人の心は時代とともにあり、また時代は人の心を映し出してもいます。時代は私たちの心を幸せにもし、不幸せにもしますし、また私たちの心がどうあるかによって時代の空気も変わってきます。

ハンス・カストルプも河出育郎も、「心が失われはじめた時代」に鋭敏に反応し、自分たちなりに心の力をふりしぼって「まじめ」に生きつづけた若者であり、そして「人生の探究者」として余生を送りました。

カストルプも河出も、ある意味で、途絶えることのない運動をくりかえしていく歴史という大きな濁流の中で翻弄される木の葉のような存在でした。その濁流の中でいつかは川底に沈み、堆積物へと変わっていく人間の一生など、なんの意味もないように思えてしまいます。じっさい、彼らの「それから」の時代は、人間の尊厳など、ミミズほどの値打ちもないほど軽んじられた過剰殺戮《さつりく》の極端な世紀でした。ハンスのように、「ナベテコノ世ノモノハ無常ナリ」という言葉が彼らの頭の中にリフレーンしていたはずです。

しかし、彼らはただ、濁流に弄《もてあそ》ばれる枯れ葉ではありませんでした。彼らは、一枚の葉にすぎなかったにしても、そこには血が通い、なによりも彼らは受け継ぐべきものをしっかりと握りしめていたのです。それは、カストルプにとっては洗礼盤であり、河出にとっては先生の形見の万年筆でした。

先にも取り上げた『魔の山』の中の「雪」と題した箇所には、カストルプが、「人間についての夢のような詩」を永久に憶《おぼ》えておこうとするシーンがあります。ここでは、平凡な、か弱そうな青年が、心の力を培い、人間の尊厳を、希望を垣間見る瞬間が表現されています。詩のような夢、あるいは夢のような詩は、次のようなカストルプ青年の述懐となって迸《ほとばし》っています。

愛は死に対立する。理性ではなく、愛のみが死よりも強いのである。理性ではなく、愛のみが善意ある思想を与えるのだ。形式もまた愛と善意とからのみ生れる。（……）ああ、己《おれ》はこのようにはっきりと夢に見、見事に「鬼ごっこ」をしたのだ。己はこれを忘れずにいよう。己は心の中で死への忠誠を守ろう。だが死と、かつてあったものに対する忠誠は、もしそれが我々の思考と「鬼ごっこ」を規定するならば、ただ悪意と暗黒の情欲と人間への敵意を意味するにすぎないということを明白に記憶しよう。人間は善意と愛のために、その思考に対する支配権を死に譲り渡すべきでない。さあ、己は目を覚まそう。……なぜなら、これをもって己は夢を最後まで見終って、確かに終点に達したのだから。

（『トーマス・マン全集Ⅲ』）

カストルプという一人の青年は、その後も老年になるまで、この夢のような詩を忘れることはありませんでした。この夢は、彼が受け継いだ洗礼盤そのものを指しています。それは、序章で少しく触れたように、「人間の理念であり、病気と死についての最も深い知識を通り抜けた向う側にある未来の人間性という構想」そのものなのです。

心の実質を太くするためには、病気や死を健康や生と一体のものとして受け入れるしかないのです。

不幸そのもの、その源泉であるに違いない病気と死についての秘義伝授は、人間そのものが一つの秘密であり、謎であることを意味しています。そしてまさしくそこにこそ、人間の尊厳が宿っているのです。その尊厳を見つけ出せないならば、どうして自分に唯一無二の価値を見出すことができるでしょうか。

私たちの周りを見渡したとき、どれほどこの自尊心を踏みつけられ、ないがしろにされている若者が多いことでしょうか。受験や就活、婚活だけではありません、いたるところで人間の尊厳が傷つけられることに事欠かない制度やシステムが幅を利かせているのです。

私は、ハンス・カストルプの洗礼盤、河出育郎の万年筆が象徴しているような、受け継ぎ、さらに語り継いでいくものを、みなさんがしっかりと自分の手で握りしめてほしいと思います。そして、生きづらくても、生きづらくても、最後まで放り出さず、ぎりぎりまで踏ん張ってみてほしいのです、カストルプや河出のように。そして自分などトリエのない凡庸な、つまらない人間だなどと思い違いをしてほしくありません。なぜなら、カストルプと河出がそうであったように、人生のイニシエーションを受けながら、決して染まらず、まじめに生きつづけることにおいて、平凡さの中の偉大さを遺憾《いかん》なく発揮していることになるのですから。

まじめであるから悩み、その中で悩む力が養われていくのです。そしてこの悩む力こそ、心の力の源泉なのです。

猛烈なグローバリゼーションの嵐が荒れくるう中、多くの人びとの心が痛めつけられ、悲鳴をあげているように見えます。私はいま、若者たちの教師として、そして若者の親として、武器なき戦場に彼らを送り出さなければならない立場にあります。だからこそ、若い人たちに対して真摯に心の力を身につけてほしいと望むのです。

『こころ』あらすじ

高等学校時代の夏、「私」は一人の男性と知りあう。相手を「先生」と呼び何度も訪ねるうちに、教養がありながら職につかずに妻の静とともに隠棲している先生とその思想に、私は心酔してゆく。そして、「自由と独立と己れとに充ちた現代」に生まれた淋しさを抱え、自身について多くを語ろうとしない先生に対して、すべてを知って「真面目に人生から教訓を受けたい」と訴える。先生は、死ぬ前にたった一人でいいから他者を信用したい、その一人になってくれるならばいつか過去を明かそうと約束する。大学卒業後、父の病状の悪化により帰郷したものの、息子の社会的な出世を望むばかりの父母に違和感を覚えている私に、先生からの手紙が届く。自死を予告する文面を見た私は東京行きの汽車に飛び乗る。手紙には先生の過去と、死を選択するまでの心情が記されていた。

叔父に両親の遺産の多くを奪われ、人間不信に陥った大学生の「私」(＝先生)は、下宿先のお嬢さん(＝静)に惹かれた。しかし、同じ下宿にいた親友Kから彼女への恋心を打ち明けられると、自身の思いを言い出せず、利己心から「精神的に向上心のないものは馬鹿だ」と相手を非難する。その上Kの果断な性格を恐れ、お嬢さんとの結婚をお嬢さんの母に認めさせてしまう。Kは誰にも内実を告げずに自殺する。私は罪悪感に苛まれつつも、妻の人生への配慮から真実を隠して結婚生活を送るが、明治天皇の崩御と乃木希典の殉死によって、「明治の精神」に殉じることを決意する。

『魔の山』あらすじ

造船技師見習いとなることに決まったハンス・カストルプは、いとこで軍人のヨーアヒムの見舞いとみずからの休養のため、アルプス山中ダヴォスの国際サナトリウム「ベルクホーフ」へ赴く。人文主義を信奉するセテムブリーニへの関心、クラウディア・ショーシャへの恋心などに揺れた三週間の滞在が終わる直前、ハンスは体に異変を感じる。結局、医師ベーレンスにより結核と診断され、世俗から全く遊離した時の流れの中で病人たちと交流しながら思索に耽る療養生活が始まった。

翌年の謝肉祭の晩、愛の告白をしたハンスに対し、クラウディアは再会を約束しつつ、次の日にこの地を離れた。サナトリウムではセテムブリーニと独裁とテロルの支持者ナフタが論争を繰り広げるが、吹雪の中で遭難しかけたハンスは彼らとは与しない決心をする。一方、ヨーアヒムは病状が改善せぬままに下山し入隊したことで容態が悪化、再入院後ほどなく死亡する。その後クラウディアがペーペルコルンという富豪をともなって戻ってきたことに、ハンスは非常に失望したものの、人物的なスケールの大きいペーペルコルンに好印象を抱く。しかし、クラウディアとハンスの仲を知ったペーペルコルンは自殺し、クラウディアも山を去った。無感覚に陥ったハンスは、無為な時を過ごすうちに、心惹かれたシューベルトの「菩提樹」の歌が「生命の果実ではあるが、死から生じ、死を孕んでいる」ことに気づく。やがてサナトリウムは口論の絶えない一触即発の雰囲気に包まれはじめ、セテムブリーニとナフタの対立も激化、ついに決闘に至る。理性的に暴力を避けようとするセテムブリーニは空に銃弾を放ち、ナフタはその態度を罵りながらみずからの頭を撃ち抜く。

ハンスが山に登ってから七年、ヨーロッパで第一次世界大戦が勃発する。ハンスは世界が直面している運命を前に魔の山の呪縛から解かれ、サナトリウムをあとにした。場面は一転して、激しい砲火と戦友たちの死の中で、「菩提樹」を口ずさむハンスの姿が描かれる。「世界を覆う死の饗宴」の中からも、いずれは愛が生じるだろうかという作者の問いかけによって、物語は閉じられる。

『魔の山』登場人物紹介

ハンス・カストルプ

主人公であり、凡庸で、人生の意義や目的について時代から満足のいく解答を得られなかった青年。幼くして父母や祖父を亡くしたことから、死に対する繊細な感受性を持つ。サナトリウムで触れた多くの見解に影響を受けることもあったが、やがて特定の思想に拘泥しないという決意に至る。

ヨーアヒム・ツィームセン

ハンスのいとこで、規律と義務に忠実な軍人。サナトリウムの誰からも好かれている。見聞を広げることに熱心なハンスとともに人びとの主張に耳を傾けはするが、精神的な議論には深入りしない。山上での「無限の単調さ」に安閑と浸ることができず、完治を待たず山を下りて軍務に戻る。

クラウディア・ショーシャ

ハンスが恋い慕うロシア人女性。かつてハンスが思いを寄せたスラヴの血をひく少年によく似た、灰色がかった青色のキルギス人を思わせる目を持つ。なによりも自由を愛し、道徳とは、理性などの美徳の中に求めるものではなく、危険で有害なものに飛びこんでその中で求めるべきだと考える。

ロドヴィコ・セテムブリーニ

イタリア人の文学者。フリーメイソン会員。近代ヨーロッパの明晰な合理性を信奉する人文主義者で、組織的な啓蒙活動により人類の苦悩は絶滅できる、理性と啓蒙が進歩と文明を推進すると説く。非暴力を標榜しながら、市民的デモクラシーの拡大を阻む勢力に対しては激しい憎悪を抱く。

レオ・ナフタ

イエズス会士であり、ラテン語にも通暁しているユダヤ人。近代ヨーロッパにおける自由主義と資本主義の拡大を道徳的な堕落と捉え、無産階級のテロルによって国家・階級制度を解体し、キリスト教的共産主義に基づく独裁体制を築くことで、世界の救済が成就すると主張する。

ピーター・ペーペルコルン

植民地でコーヒー農園を経営していたオランダ人富豪。マラリアなどを患いながらも、神からの素朴な賜物こそ神聖で真に享受すべきものと考え、酒食に時を費やす。明晰な論述によってではなく、支配者的な存在感で他者や思弁的な論議を圧倒する人物だが、自身の衰えに不安も抱いている。

引用・主要参考文献

『漱石全集　第三巻　草枕・二百十日・野分』岩波書店　一九九四年
『漱石全集　第六巻　それから・門』岩波書店　一九九四年
『漱石全集　第九巻　心』岩波書店　一九九四年
『漱石全集　第十六巻　評論ほか』岩波書店　一九九五年
『漱石全集　第十九巻　日記・断片　上』岩波書店　一九九五年
『トーマス・マン全集Ⅲ　魔の山』高橋義孝訳　新潮社　一九七二年
「『魔の山』入門　プリンストン大学の学生たちのために」（『トーマス・マン全集Ⅲ　魔の山』所収）滝沢弘訳　新潮社　一九七二年
『魔の山（上・下）』関泰祐・望月市恵訳　岩波文庫　一九八八年

＊『漱石全集』の引用については、新かな遣いに改め、ふりがなも適宜付した。
＊『魔の山』の引用については、現在では不適切と思われる表記も含まれているが、本書における引用の意味合い、訳者が故人であることなどを考慮し、そのままの形で掲載した。

おわりに

あの時から、ずいぶん長い時間が経ったのだ。

周囲では、以前と変わらぬ日常が、静かに、やさしく私たちを包み込んでしまっているかのようだ。しかし、私はまだ、この日常に慣れきっていない——。

多くの命が失われたあの時からの三年間は、自分の中の何かを決定的に変えてしまっていた。

二〇一三年四月から、私は一七年にわたって奉職してきた東京大学の大学院情報学環学際情報学府（旧社会情報研究所）を辞し、埼玉県上尾市にある聖学院大学に移った。定年まで三年を残しての退職だった。

死を忌避し、ひたすら生のみに執着する生き方や、それを叶えてくれると思われたものの儚《はかな》さと愚かさ——例えば、原子力エネルギーは、その最たるものの一つであったかもしれない——やるせない思いと、新しい変化への予兆を感じながら、私は東京大学を辞し、若者と共に学び、共に苦しみ、共に生きる場所を求めていた。

旧国公立大学が法人化され、その経営力や競争力、国際化やコンプライアンス、競争的資金の導入や研究のプロジェクト化が問われるようになり、東大もその先端をゆく日本を代表する大学として著しく変わっていったように思う。それは、本書の言葉を借りて言えば、まさしく「現代のダヴォス」の世界にどっぷりと浸かっていくことを意味している。

その「現代のダヴォス」化に、私はどこかで違和感を覚えていた。

大学という、デジタル化された時間とは無縁なはずの、むしろ時間が止まったような「魔の山」のような「もうひとつのダヴォス」の中で、友と語らい、師と仰げる人と出会い、「人生の謎」について秘義伝授《イニシエーション》を伝え、受け取る。そんな世界で働きたいと思ったのだ。

わかってはいた。そんな世界はどこにもないと言われるであろうことは。

それでも、マンが描いたような「ダヴォス」、そして漱石がきっと望んでいたに違いない師弟関係の篤い、見えない「小さな」ダヴォスを、新天地に創りえたら……。私はそんな希望を抱いてミッション系の大学に移ることを決意したのである。

あれから、一年も経たない間に、世相は、まるで一九三〇年代のとば口に立ったような、きな臭く、重苦しい空気に包まれつつある。マンの言葉を借りれば、「外見上ははなはだ活気に富んでいても、その実、内面的には希望も見込みも全然欠いている」時代が訪れようとしているのだ。

この時代とは何もので、人はどこに向かおうとしているのか。

その果てに何が待ち構えているのか？

想像すればするほど、戦慄を覚えざるをえない。しかし、だからこそ、心の実質を太くし、どんな嵐にも倒されることのない一本の葦のような「心の力」が必要なのではないか。本書がその糧のひとつになってくれれば、望外の喜びである。

最後に、『悩む力』と『続・悩む力』に続いて校正を担当してくださった寺岡雅子さんや、いつものことであるが、新書編集部の落合勝人さんを始めとする多くの方々に、多大のお世話になった。心からお礼を申し上げたい。

二〇一三年一二月六日

姜尚中（カン サンジュン）

一九五〇年生まれ。聖学院大学全学教授、東京大学名誉教授。専攻は政治学・政治思想史。著書に、一〇〇万部超のベストセラー『悩む力』と『続・悩む力』のほか、『マックス・ウェーバーと近代』『オリエンタリズムの彼方へ』『ナショナリズム』『日朝関係の克服』『在日』『姜尚中の政治学入門』『リーダーは半歩前を歩け』など。小説作品に『母―オモニ―』『心』がある。

心《こころ》の力《ちから》

二〇一四年一月二二日 第一刷発行

集英社新書〇七二二C

著者……姜尚中《カンサンジュン》

発行者……加藤 潤

発行所……株式会社集英社

東京都千代田区一ツ橋二-五-一〇 郵便番号一〇一-八〇五〇

電話 〇三-三二三〇-六三九一（編集部）

〇三-三二三〇-六三九三（販売部）

〇三-三二三〇-六〇八〇（読者係）

装幀……原 研哉

印刷所……凸版印刷株式会社

製本所……加藤製本株式会社

定価はカバーに表示してあります。

ISBN 978-4-08-720722-4 C0295

Printed in Japan